BORIS VIAN

Werke

in Einzelausgaben

Herausgegeben von
Klaus Völker

VERNON SULLIVAN

Tote haben alle dieselbe Haut

Les Morts ont tous la même peau

Aus dem Amerikanischen von

BORIS VIAN

Deutsch von
Asma Semler

Verlag Klaus Wagenbach Berlin

Tote haben alle dieselbe Haut

Vorwort

Die verschiedenen Reaktionen auf das erste Buch von Vernon Sullivan* haben mich veranlaßt, auch für das zweite Buch dieses jungen Autors ein zweites Vorwort zu schreiben. Das hat den Vorteil, daß es vier oder fünf Seiten mehr werden, und dadurch hat das Buch, wie man in der Branche sagt, auch mehr Format. Außerdem ist es gar nicht schlecht, mit dem Leser von Zeit zu Zeit das ›dicke Ende‹ zu diskutieren. Man zeigt ihm damit, daß man an ihn denkt.
Verschiedene Reaktionen also; alle führen sie zu einem klaren, einhelligen, unerbittlichen Schluß. Mit Ausnahme von ein paar gutgläubigen Einzelgängern haben sich alle anderen Kritiker wie Ignoranten der schäbigsten Sorte verhalten.
Diese Kritiker schrieben mir unbekümmert dieses Buch zu, wobei sie sich auf eine Stelle des ersten Vorworts bezogen, das Waschzettelcharakter hatte und deshalb bei den Verlegern besonders gut ankam. Das sind doch niederträchtige Methoden von engstirnigen Primitivlingen. Ich bin viel zu unbeleckt und keusch, um so etwas zu schreiben.
Ich habe kaum dagegen protestiert, es war schließlich eine gute Werbung, aber es stimmt nicht, zumindest nicht ganz. Über Details wurden noch mehr Dummheiten verbreitet. Die einen echauffierten sich darüber, wieviel amerikanische Wagen vorkamen, diese Leute haben Raymond Chandler nie gelesen. Andere Langweiler wiederum störten Lappalien, auf die ich nicht eingehen will, da es unfein ist, auf etwas näher einzugehen. Das ist noch nicht alles. Ein Mensch, der von sich behauptet, ein Schwarzer aus Martinique zu sein, und dessen Name bereits ein halbarabischer, halbarchaisierender Verstoß gegen die guten Sitten ist, bestätigte, daß ein Schwarzer niemals dieses Buch geschrieben haben würde, da

* Ich werde auf eure Gräber spucken.

er die Schwarzen und ihre Art ja kenne. Wir sollten trotzdem auf diesen Schwarzen aus Martinique eingehen und ihm antworten, daß er genauso qualifiziert ist, für seine schwarzen amerikanischen Brüder zu sprechen, wie ein Chinese aus San Francisco in der Lage ist, die Probleme in Schanghai zu lösen, und daß, wenn er schon keine Lust hat, seinen kleinen schwarzen Bruder zu rächen, indem er mit weißen Frauen schläft und sie fertigmacht, es nur recht und billig ist, daß andere es tun. Aber es gibt Schlimmeres.

Es bleibt festzustellen, daß alle Kritiker, diejenigen, die das erste Buch von Vernon Sullivan mit grünlicher Galle bespuckt und die, die es in den Himmel gelobt haben, ihm immerhin eine ganze Menge Beachtung geschenkt haben. Sie haben so diesem Buch eine Wichtigkeit gegeben, die es vielleicht hatte, aber nicht in diesem Sinn. Literarisch gesehen, verdient es dieses Buch kaum, daß man sich so ausführlich darüber verbreitet.

Halten wir fest: Ich habe es schlecht und recht ins Französische übersetzt, nicht allzu akademisch, dafür aber wenigstens ehrlich. Und ich habe mir die Mühe gemacht, in diesem ersten Vorwort die interessierten Leser auf die widerlichen Verkaufsstrategien aufmerksam zu machen, und ihnen gesagt – was sie weiterhin nicht wissen wollen – daß ein Verleger nur am Umsatz interessiert ist.

Nun zerreißen sie sich alle das Maul darüber nach dem Motto wir machen dich fertig: Schweinekram, obszön, Sauerei und so weiter! Es ist nicht von Sullivan, schließlich hat es Vian übersetzt! Und, das Buch trifft weder den Zeitgeist, noch hat es eine besondere literarische Qualität! Da schlafen Männer mit Frauen und haben dabei auch noch Spaß, es gibt keine Schwulen und keine Lesben! Widerlich! Rückfall in die Barberei! Eine Katastrophe ohnegleichen, Auswüchse eines winselnden Scharlatans und so weiter.

Und sie schimpfen und schimpfen und sprechen über alles, nur nicht über das Buch. Und der kleine Vian ist ein Plagiator,

ein Mörder, ein Pornograph, eine miese Niete, ein armseliger Impotenter, aber auch ein losgelassener Priapus, ein Jean Legrand auf großem Fuß, kurz ein Ausbund von Widerwärtigkeiten: »Gehen Sie heim, Sie Schwein, Sie sind entlarvt!« Die Geschichte an sich, diese einhundert bedruckten Seiten, erwähnen sie überhaupt nicht. Es ist nichts Besonderes an diesem Buch. Eine ganz gewöhnliche Geschichte. So wird literarische Kritik betrieben. Es ist beschämend.
Ich würde viel lieber von etwas anderem sprechen. Aber das Geschwür ist nun einmal da, und man muß es ausdrücken, in der Hoffnung, eines Tages einen Chirurgen zu finden, der den Krebs, der in der Tiefe wuchert, herausschneidet.
Ihr armseligen Gestalten, ihr Kritikerbande, alle fast genauso dumm wie Claude Morgan, und das will etwas heißen, wann werdet ihr endlich euren Beruf ausüben? Wann werdet ihr endlich aufhören, euch selbst in den Büchern zu suchen, während der Leser das Buch sucht? Wann werdet ihr aufhören, im voraus danach zu fragen, ob der Autor Peruaner, Ketzer, Mitglied der KP oder mit André Malraux verwandt ist, bevor ihr das Buch gelesen habt? Wann werdet ihr es endlich wagen, ein Buch zu besprechen, ohne euch vorher mit Material über den Autor, seine Absichten und Ziele einzudecken? Habt ihr Angst, Unsinn zu schreiben? Durch eure Vorsichtsmaßnahmen wird der Unsinn noch viel größer! Wann werdet ihr endlich begreifen, daß man in »Temps Modernes« schreiben kann und nicht unbedingt Existentialist sein muß, die Pointe lieben kann, ohne sie ständig zu bemühen? Wann werdet ihr endlich die Freiheit akzeptieren?
Aber nein. Das ist ein Wort, das ihr aus eurem Wörterbuch – vielmehr aus eurem Vokabular – gestrichen habt, das ohnehin so beschränkt ist.
Warum schreibt ihr über Schriftsteller? Ihr habt ja keine Ahnung, was das ist. Und wenn man nichts weiß, könnte man sich zumindest etwas einfallen lassen. Mit Hilfe der Phantasie. Aber ihr habt keine Phantasie. Deswegen werdet ihr

unehrlich. Ihr schreibt nur über Dinge, von denen ihr nichts versteht, über »Ich werde auf eure Gräber spucken« zum Beispiel. Dazu gibt es nur einen Punkt anzumerken. Die paar Kritiker, die ich am Anfang erwähnte, die darüber ehrlich geschrieben haben, haben ehrlicherweise auch den Kern der Sache getroffen: ein gutes Thema, das gut geschrieben, ein guter Roman hätte werden können, mit dem Risiko, sich schlecht zu verkaufen, was wie üblich (durch die Schuld der Kritiker und Verleger) für jeden guten Roman zutrifft. So wie er ist, wurde er verkaufstechnisch gesehen zu einem populären Buch, zu einer leichten Lektüre mit guten Verkaufszahlen. Er ist jedenfalls weniger obszön als die Bibel. Und wie ich schon sagte, ist die Übersetzung oberflächlich genug, um den Absatz nicht zu gefährden, und doch auch tiefsinnig genug, um, wie ich gehofft hatte, von den Kritikern verstanden zu werden. Aus einem ganz einfachen Grund: Ein Beefsteak in Gold aufgewogen, und Gold hat seinen Preis.
Resultat: die Kritiker haben aus diesem Buch einen literarischen Erfolg gemacht. (Ganz gleich wie man darüber spricht, wenn jeder darüber spricht, ist es ein literarischer Erfolg.) Und die guten Bücher warten immer noch auf ihre Besprechung. Und nun, ihr Kritikerbande, sind die Bücher, die ihr nicht versteht, nicht wenigstens wert, angezeigt zu werden? Das wäre für den Leser die beste Empfehlung. Da ihr nicht zugeben wollt, daß sie euch aufrütteln, erstickt ihr sie einfach. Aber sie rütteln euch ja gar nicht auf: Ihr gehört nicht mehr dazu, das Leben spielt sich woanders ab. Man könnte zwanzig Beispiele anführen.
Ihr Kritiker seid Hornochsen! Wenn ihr nur über euch schreiben wollt, dann beichtet wenigstens öffentlich oder tretet der Heilsarmee bei. Aber laßt die Leute mit eurem transzendentalen Gefasel in Ruhe und versucht, etwas Nützliches zu tun. Ein wenig mehr objektive Kritik, wenn ich bitten darf. Es ist höchste Zeit. Ihr seid in Gefahr.

Boris Vian

1 An diesem Abend waren nicht sehr viele Gäste da, und das Orchester spielte, wie immer an solchen Abenden, ohne Schwung. Mir war das egal. Je weniger kamen, desto besser. Jeden Abend so ein halbes Dutzend Kerle auf mehr oder weniger elegante Weise hinauszubefördern, war auf die Dauer langweilig. Am Anfang machte es mir noch Spaß.

Ich mochte das; es gefiel mir, diesen Schweinen eins in die Fresse zu schlagen. Doch fünf Jahre dieselbe Sportart waren genug. Fünf Jahre, ohne daß sie etwas vermuteten, ohne daß sie ahnten, daß ein Mischling, ein Farbiger, ihnen Abend für Abend die Fresse einschlug. Ja, am Anfang geilte es mich noch auf. Und die Frauen, dieses mit Whisky vollgetankte Pack. In ihren Fummeln und mit ihrem Fusel im Bauch beförderte ich sie in ihre Autos. Abend für Abend, Woche für Woche, fünf Jahre lang.

Nick bezahlte mich anständig für diesen Job, weil ich geschickt auftrat und sie, ohne viel Umstände zu machen und ohne Aufsehen zu erregen, zum Teufel jagte. Ich verdiente hundert Dollar in der Woche.

Sie waren alle still. Nur in der Ecke machten zwei Lärm. Nichts Besonderes. Die oben gaben auch keinen Mucks von sich. Jim döste hinter der Kasse.

Bei Nick oben wurde gespielt. Verbotene Glücksspiele. Es gab auch Mädchen, wenn man wollte, und es wurde getrunken. Aber nicht jeder durfte rauf.

Die zwei in der Ecke, ein magerer Typ und eine müde Blondine, standen auf, um zu tanzen. Solange sie nur zu zweit waren, war das Risiko gering. Das Schlimmste, was passieren konnte, war, daß sie sich an den Tischen die Fresse einschlugen; ich würde sie dann höflich an ihren Platz zurückbegleiten.

Ich streckte mich. Jim schlief endgültig. Und die drei Musiker scherten sich nicht drum. Automatisch strich ich das Revers meines Smokings glatt.

Ehrlich, ich hatte wirklich keine Lust mehr, sie zusammenzuschlagen. Es langweilte mich. Ich war ein Weißer.
Ich erschrak, als mir klar wurde, was mir eben durch den Kopf gegangen war.
»Gib mir ein Glas, Jim.«
»Whisky?« murmelte Jim, als er aus seinen Träumen aufwachte.
»Whisky. Nicht zuviel.«
Ich war ein Weißer. Ich hatte eine weiße Frau geheiratet. Ich hatte ein weißes Kind. Und der Vater meiner Mutter hatte als Docker in St. Louis gearbeitet. Ein Docker, der so schwarz war, wie man schwärzer nicht sein kann. Mein ganzes Leben lang hatte ich die Weißen gehaßt. Ich hatte mich versteckt und war vor ihnen geflohen. Ich sah zwar so aus wie sie, aber ich hatte Angst vor ihnen. Und jetzt waren mir diese Gefühle fremd, weil ich die Welt nicht mehr mit den Augen eines Schwarzen betrachtete. Ohne es zu merken, hatte ich mich weiterentwickelt, und an diesem Abend fand ich mich plötzlich verwandelt, verändert, angepaßt wieder.
»Wenn sie doch endlich gehen würden …«, sagte ich zu Jim. Ich redete nur, weil ich etwas tun mußte. Meine Stimme wollte ich hören.
»Ja …«, antwortete Jim müde.
Er schaute auf die Uhr.
»Es ist noch früh.«
»Das macht nichts«, sagte ich. »Einmal könnten wir doch wirklich früher schließen. Sind noch viele oben?«
»Ich weiß nicht«, sagte Jim. »Manche gehen hier vorbei, andere kommen auch von der anderen Seite.«
Der Mann und die Frau, die bis dahin getanzt hatten, stolperten über einen Stuhl und fielen der Länge nach hin. Die Frau setzte sich auf und hielt ihre Nase. Sie war zerzaust und völlig weggetreten. Der Kerl blieb, wo er war und lachte sich tot.
»Schmeiß sie raus,« sagte Jim. »Schaff uns das Pack vom Hals.

Setz sie an die Luft.«
»Ah, ja«, murmelte ich, »es sind ja noch andere da.«
Ich ging zu ihnen und half der Frau auf die Beine. Den Kerl faßte ich unter die Arme und stellte ihn wieder gerade. Er war nicht schwer. Noch einer von diesen Heim-Baseball-Helden.
»Danke, Schätzchen«, sagte er.
Die Frau fing an zu heulen.
»Sag doch nicht Schätzchen zu ihm, das bin doch ich.«
»Aber ja doch, Schätzchen«, sagte der Mann.
»Wollen Sie nicht nach Hause?« schlug ich vor.
»Nein«, antwortete der Mann. »Meinetwegen.«
»Ich bring Sie zum Wagen«, sagte ich. »Welche Farbe hat er?«
»Ach … eh … das ist er, dort …«, sagte der Mann und fegte mit seinem Arm durch die Luft.
»Wunderbar«, sagte ich, »dann werden wir ihn ja finden. Kommt, ihr Süßen.«
Die Frau hing sich an meinen Arm.
»Sie sind stark, was?« sagte sie.
»Ich bin stärker als er«, konterte der Mann.
Und eh ich mich versah, versetzte er mir einen Schlag in den Magen. Er war nur Haut und Knochen, aber es verschlug mir den Atem.
»Kommt schon«, sagte ich.
Ich packte mir unter jeden Arm einen, und drückte den Mann ein bißchen. Er wurde grün.
»Weiter«, sagte ich, »jetzt wird brav nach Hause gegangen.«
»Ich will aber nicht brav sein«, meinte der Mann.
Ich drückte ein wenig fester. Er versuchte loszukommen, ohne Erfolg.
»Kommt schon, kommt schon«, wiederholte ich. »Ihr wißt ja, ich habe einem anderen Gast schon den Arm gebrochen.«
Ich schleifte sie bis zur Tür, die ich mit dem Fuß öffnete.
»Welcher Wagen ist es?« fragte ich.
»Der dritte …«, sagte die Frau, »… dort …«

Sie zeigte mit derselben Präzision wie ihr Mann auf die geparkten Wagen. Irgendwo begann ich abzuzählen und beförderte sie ins Innere des Dritten.
»Wer fährt?« fragte ich.
»Sie«, meinte der Mann.
Ich hatte richtig geraten und schlug die Tür hinter ihnen zu.
»Gute Nacht«, sagte ich, »träumt süß.«
»Auf Wiedersehen«, antwortete der Mann und fuchtelte mit seiner Hand herum.
Ich kehrte in die Bar zurück: alles unverändert. Zwei Gäste standen gerade auf und gingen. Ich gähnte. Auch Jim gähnte.
»Was für ein Beruf…«, sagte Jim.
»Wirklich, wenn Nick doch endlich käme…«, sagte ich.
Wenn Nick herunterkam, bedeutete das Feierabend.
»Ja wirklich…«, sagte Jim.
Ich sprach wie er. Ich war wie er. Beweis: er schaute mich nicht einmal an, wenn er mit mir sprach.
Und dann hörte ich die kleine Klingel unter der Bar, zweimal. Ich wurde oben gebraucht.
»Geh schon«, murmelte Jim, »schmeiß sie alle raus.«
Ich schob den Samtvorhang, der die Treppe abschloß, beiseite und kletterte fluchend die Stiegen hinauf. Mein Gott, wann lassen mich diese Hurensöhne endlich friedlich nach Hause gehen.
Meine Frau schlief sicher schon… Das Bett würde warm und weich sein.

2

Die Treppe aus Zement und Eisen dröhnte dumpf unter meinen Schritten. Ich nahm immer zwei Stufen auf einmal. Ich versäumte es nie, diese verdammten Muskeln spielen zu lassen, das war ich ihnen schuldig. Oben am Ende der Treppe war auch ein Samtvorhang. Nick liebte Samt, Samt und fette Frauen. Und das Geld.

Der Saal im ersten Stock war niedrig und die Wände dunkelrot tapeziert. Etwa zwei Dutzend Gäste spielten so, als wollten sie ihren Zaster aus Liebe zu Nick unbedingt verlieren. An der einen Seite hatte Nick getrennte Nischen mit vier Stühlen und einem Tisch einrichten lassen, wo sich die erhitzten Spieler von weiblichen Stammgästen beruhigen lassen konnten.

Ich weiß nicht, ob Nick die Damen beteiligte, oder ob die Damen Nick beteiligten. Da sie immer Arbeit hatten, schienen sie sich mit dem Chef arrangiert zu haben.

Wie zufällig wurde ich dieser berühmten Nischen wegen hinaufgebeten. Als ich den Raum betrat, hingen fünf Typen über der Trennwand einer Nische und starrten ins Innere. Als Nick mich sah, gab er mir zu verstehen, daß ich sie aus ihrer stummen Betrachtung herausreißen sollte. Zwei von den Mädchen versuchten sie wegzuzerren, aber ohne Erfolg. Als ich dem ersten die Hand auf die Schulter legte, ging es schief. Maxine, eine kleine gutgebaute Blondine, kassierte den Schlag, der sicher mir zugedacht war. Ich konnte mir das Grinsen nicht verkneifen, als ich sah, was sie für ein Gesicht machte. Der Kerl hatte bestimmt nicht fest zugeschlagen. Angewidert ließ sie ihn sofort los. Sie war eingeschnappt. »Dieses Schwein …«

Ihre Stimme war rauh wie Schmirgelpapier. Und damit nicht genug, schickte sie dem ›Schwein‹ eine saftige Ohrfeige hinterher, die der Kerl – wie besoffen auch immer – sein Leben lang nie vergessen würde. Ich stand immer noch hinter ihm. Ich fing im richtigen Moment seinen Arm ab, als er sich revanchieren wollte, und drehte ihn auf meine spezielle Art. Das war zwar nicht unfair, aber trotzdem konnte ich ihn verstehen.

Gleichzeitig genoß ich das Schauspiel. Die zwei in der Nische waren nicht gerade schüchtern. Das Mädchen lag mit nacktem Busen da. Man sah sofort, daß ihr Vater Irländer war, voller Sommersprossen, mit schönen blauen Augen. Der Typ

lag quer über ihr und sabberte auf ihren Bauch. Er mußte schon ein Stammkunde sein, denn der Zustand der Nische war nicht jedermanns Sache.
Sie schwammen buchstäblich im Whisky, und der Mann wirkte noch korrekter als das Mädchen, aber nur, weil er oben lag.
Ich beförderte den Kerl, den ich immer noch in der Mangel hatte, gegen die Wand, und er blieb dort kleben. Ich hatte den Eindruck, daß ihn sein Arm etwas störte. Jedenfalls fuchtelte er mit dem anderen herum, konnte sich aber nicht so richtig festhalten. Die anderen Vier hatten offenbar nichts gemerkt, und Nick gab Maxine zu verstehen, abzuhauen. Er kannte das Spiel.
»Würde es Ihnen etwas ausmachen, nach Hause zu gehen?«
Das fragte ich den ersten von den Vieren, die noch übrig geblieben waren. Er rührte sich nicht. Ich drehte mich um und schaute Nick in die Augen. Gut. Es konnte losgehen.
»Haut ab, alle Vier!«
Gleichzeitig packte ich mir einen auf jeder Seite und führte sie zur Treppe. Nick besorgte den Rest. Der eine war trotz des Schlages nicht ungeschickt. Auch halbtot kann man noch gefahrlos eine Treppe hinuntergehen. Ich glaube, die Beine funktionieren automatisch, oder es wird zur Gewohnheit, mit angeschlagener Rübe herumzulaufen.
Die anderen beiden überließ ich Nick. An den Tischen ging das Spiel weiter, als ob nichts geschehen wäre. Die Kundschaft von Nick war gut erzogen. Wirklich sehr diskret. Warum hörten diese beiden Idioten in der Nische nicht auf, verrückt zu spielen?
Gut. Jetzt waren sie an der Reihe.
Ich stieg über sie drüber. Der Mann bewegte sich kaum noch. Ich packte ihn, setzte ihn auf einen Stuhl und knöpfte seine Jacke zu. Mir blieb nichts anderes übrig. Dasselbe wollte ich mit dem Mädchen machen, doch sobald sie meine Hände spürte, wand sie sich wie ein Aal, verhedderte sich in meinen

Beinen und zerrte an mir, um mich umzuschmeißen. Sie war nicht übel. Sie war nicht sehr oft bei Nick, aber sie kam regelmäßig. Ich weiß nicht wie sie hieß.
»Komm, Baby, komm, schön brav sein!«
»Ach, du Flasche ...«
Sie lachte sich schief, klammerte sich an mich und schüttelte mich wie einen Apfelbaum. Ein reizvoller Anblick. Es war hart, dem zu widerstehen, dennoch gelang es mir, ihr den Rock über die Schenkel zu ziehen.
»Komm, Süße, jetzt gehen wir mal schön schlafen.«
»Ja, bring mich nach Hause.«
»Dein Kavalier bringt dich heim.«
»Nein, nicht der ... Der kann nicht mehr ... Der ist voll ...«
Ich setzte sie neben den Kerl auf den Stuhl. Und der! Nein, sowas! Wie eine Leiche.
Nick kam herüber.
»Die anderen Vier sind schon draußen«, sagte er. »Schmeiß die beiden auch raus.«
»Sie geht ja noch ... aber der hier ist nicht mehr sehr gut zu Fuß.«
»Mach schon«, antwortete Nick.
Ich packte den Kerl unter den Achseln, und das Mädchen hängte sich an meine Schulter; sie knetete meinen Bizeps.
»Sein Auto steht draußen. Komm, ich zeige es dir.«
»Geh voraus«, sagte ich.
Die beiden zusammen waren nicht gerade ein Fliegengewicht. Gott sei Dank konnte sie aber noch laufen.
Wir gingen die Treppe hinunter, den Gang entlang hinter der Bar; da war noch ein Ausgang.
»Wo steht nun die Karre?«
»Dort, die blaue.«
Die hier wußte es wenigstens. Die frische Luft machte auf meinen Kunden keinen Eindruck. Das Mädchen öffnete die vordere Wagentüre.
»Leg ihn hin.«

Ich schob ihn so gut es ging hinein, und er fiel rücklings auf die Bank.
»Der wird dich nicht nach Hause bringen können.«
Sie klammerte sich noch fester an meinen Arm.
»Was mach ich nun?«
»Er wird schon aufwachen.«
Ich war optimistisch.
»Bleib bei mir, ich habe Angst. Willst du mich nicht nach Hause bringen?«
»Und wie?«
»In seinem Auto.«
Ich hatte die Nase voll. Ich wollte ins Bett, heim zu meiner Frau. Was für ein Beruf! … Sie rieb sich an mir wie eine läufige Hündin.
»Laß das«, sagte ich.
»Komm.«
Sie stieg ins Auto, ohne meinen Arm loszulassen. Sie stank nach Whisky und Parfum, aber allmählich bekam ich Lust und richtig scharf war ich, als sie sich auf den Sitz legte und mit einem einzigen Ruck das Kleid aufriß. Die brauchte sich nicht auszustopfen und kein Drahtgestell umbinden.
»Bleib so«, sagte ich. »Wir suchen uns ein ruhiges Plätzchen.«
»Komm … sofort. Ich halt es nicht mehr aus.«
»Die fünf Minuten wirst du wohl noch warten können.«
Ihr Gurren war so aufreizend, daß meine Hände zitterten, als ich vorne einstieg… Ich gab Gas und fuhr zum Central Park. Das war noch am einfachsten. Wir hatten nicht einmal mehr Zeit, die Türen hinter uns zu schließen. Ich nahm sie am Boden in der erstbesten dunklen Ecke.
Es war nicht besonders warm, aber wir klebten so aneinander, daß ihre Haut in der frischen Luft dampfte. Ihre Nägel krallten sich durch den Stoff der Jacke in meinen Rücken. Sie nahm keinerlei Rücksicht. Ich mochte das.

3 Das war's für diesen Abend. Ich fuhr zu Nick zurück mit dem Karren des Kerls. Der schlief noch und das Mädchen auch. Ich stank nach Whisky und Frau. Ich ließ die beiden vor der Türe. Mein Pflichtbewußtsein trieb mich nach oben. Es war alles ruhig. Ich ging wieder nach unten. Nun konnte man schlafen gehen.

Jim gähnte, als er die Jacke überzog.

»Noch so'ne Figur?« fragte ich.

»Nichts besonderes«, vermutete Jim.

»Nichts«, sagte ich.

Nichts. Nichts, von den fünf Jahren abgesehen, die ich heute auf den Tag genau hier bin. Fünf Jahre, ohne mich erwischen zu lassen. Fünf Jahre, in denen ich sie zusammenschlage und mir ihre Frauen nehme. Ich schlug mit der Faust gegen die Wand, ganz automatisch. Aber ich hatte zu fest zugeschlagen und war sauer. Sie hatten mich reingelegt.

Ich war nun weißer als sie, da es mir ja Spaß machte, jetzt weiß zu sein. Und was nun?

Es war mir egal. Es war mir ganz einfach egal. Schließlich schadete es nicht, weiß zu sein, eine Weiße im Bett zu haben, ein weißes Kind zu haben, das es zu etwas bringen würde.

Warum gähnte Jim immer noch?

»Gute Nacht«, rief ich ihm zu.

Ich machte die Türe auf, streckte mich und ging. Die Haltestelle war nicht weit.

Meine Frau wohnte nicht weit. Leichte Rückenschmerzen … ihre Fingernägel in meinem Rücken … nein, ich war noch in Form.

Der Frühling in New York ist einmalig.

U-Bahn. Eine Viertelstunde. Immer noch Leute. Meine Straße. Das Haus. Ruhig und still.

Der Whiskygeruch war dort mit meinem Smoking hängen geblieben. Der Geruch der Frau klebte jedoch noch an den Fingern. Ein toller Geruch. Der Geruch eines Mädchens mit einem irländischen Vater mit blauen Augen.

Ich stieg die drei Stockwerke leise hinauf. Immer schön durchfedern. Die Figur. Die Schlüssel klapperten in meiner Tasche. Meine drei Schlüssel. Den richtigen erkannte ich an seiner Dicke.

Er öffnete. Natürlich.

Ich zog die dicke Tapetentür hinter mir zu und ging, ohne das Licht anzumachen, ins Badezimmer.

Im Dunkeln stolperte ich über einen Körper und fiel der Länge nach drauf.

Ich war sofort wieder auf den Beinen und stürzte zum Lichtschalter. Es wurde hell. Wie angewurzelt blieb ich stehen. Er war nicht aufgewacht. Er schnarchte jetzt. Bestimmt besoffen. Dieser Drecksnigger. Richard. Sein Anzug war schmutzig und er war mager. Er stank bis zu mir. Mein Herz schlug unregelmäßig in meiner Brust, es raste wie ein wildgewordenes Tier, ich traute mich keinen Schritt weiter, ich wagte nicht weiterzugehen. Ich wagte mich nicht zu Sheila, um nachzusehen, ob sie die Wahrheit bereits erfahren hatte. Hinter mir stand ein Schrank, ich öffnete ihn, ohne Richard aus den Augen zu lassen, tastete nach der Whiskyflasche und nahm vier oder fünf Schluck. Richard lag immer noch vor mir auf dem Boden, und durch die offene Zimmertür drang kein Laut. Die Welt um mich war wie tot und schlief. Ich sah auf meine Hände, ich fühlte mein Gesicht. Ich schaute Richard an und fing an zu lachen, denn er war mein Bruder und er hatte mich endlich aufgespürt.

Nun rührte er sich, und ich ging zu ihm hin. Mit einer Hand hob ich ihn hoch. Er schlief noch halb, ich mußte ihn schütteln.

»Wach auf, du Schwein.«

»Was ist?« murmelte er.

Er machte die Augen auf und sah mich an. Sein Gesicht hatte immer noch denselben Ausdruck.

»Was hast du hier zu suchen?«

»Ich habe dich wiedergefunden, Dan. Siehst du, ich habe dich wiedergefunden. Der Herr wollte es so, daß ich dich wiederfinde.«
»Wo ist Sheila?«
»Wer ist Sheila?« fragte er.
»Wer hat dir aufgemacht?«
»Ich bin einfach rein … es war niemand da.«
Ich ließ ihn los und lief ins Schlafzimmer. Auf dem üblichen Platz auf der Kommode sah ich Sheilas Zettel: »Bin mit dem Baby bei Mutter. Küsse.«
Ich mußte mich an der Kommode festhalten. Mein Kopf schaffte es noch, aber meine Beine nicht mehr. Langsam ging ich zum Eingang zurück.
»Hau ab!«
»Aber Dan …«
»Hau ab, schnell, los, ich kenne dich nicht.«
»Aber Dan, der Herr hat mich zu dir geführt.«
»Hau ab, sag ich!«
»Ich hab kein Geld.«
»Da, nimm.«
Ich wühlte in meiner Tasche und streckte ihm einen Zehndollarschein hin. Er schaute ihn an, betastete ihn, steckte ihn in die Tasche, und der stumpfsinnige Ausdruck wich aus seinem Gesicht.
»Weißt du nicht, daß es für einen Neger schlecht ist, zu einem Weißen zu kommen?«
»Ich bin dein Bruder, Dan. Ich habe die Papiere.«
Im Bruchteil einer Sekunde stürzte ich mich auf ihn. Ich packte ihn am Genick und mit zusammengebissenen Zähnen drohte ich ihm und verfluchte ihn.
»Du hast also Papiere, hm? Was für Papiere, du Schwein! …«
»Ich trage denselben Namen wie du, Dan. Der Herr sagt, daß man Vater und Mutter nicht verleugnen darf.«
Es gab nur eines, was ich nicht tun durfte, und das tat ich. Meine Faust landete auf seiner Unterlippe. Ich spürte, wie

seine Zähne krachten, und ich schämte mich. Richard rührte sich nicht. Aber seine Augen blickten mich an, und ich sah in seinen Augen ... Nein ... ich bin verrückt. Man sieht nichts in den Augen. Man kann nichts sehen. Ich versuchte Vernunft anzunehmen. Es war ein verzweifelter Versuch. Aber Richard schwieg, er sah mich nur an, und ich hatte Angst.

»Wo arbeitest du, Dan?«

Seine Stimme klang durch die Verletzung am Mund unnatürlich, und das Blut rann ihm aufs Kinn. Er wischte es mit dem Handrücken weg.

»Hau ab, Richard! Wenn dir dein Leben lieb ist, komm ja nicht mehr hierher.«

»Wo kann ich dich sehen, Dan?«

»Ich habe keine Lust, dich zu sehen.«

»Vielleicht hätte Sheila Lust ...«, meinte er nachdenklich.

Und wieder durchzuckte mich der Wunsch, ihn umzubringen, wie brennendes Feuer.

Er ging zur Türe und fühlte behutsam seine kaputte Lippe.

»Raus.«

»Zehn Dollar ist nicht viel«, wandte er ein.

Er war mein Bruder, und ich wünschte, er wäre tot. Eine schreckliche Angst schnürte mir die Kehle zu. Ich hatte Angst, er würde wiederkommen. Ich wollte wissen ...

»Halt. Wer hat dir meine Adresse gegeben?«

»Ach niemand ...«, sagte er, »Freunde ... Ich gehe jetzt. Auf Wiedersehen, Dan. Ich komme dich in deinem Laden besuchen.«

»Du weißt nicht, wo ich arbeite ...«, sagte ich.

»Das macht nichts, Dan, das macht nichts.«

»Aber wie hast du die Tür aufbekommen?«

»Ich kann Türen öffnen, der Herr ist mein Zeuge, daß ich Türen öffnen kann. Auf Wiedersehen, Dan, bis bald.«

Wie verblödet sah ich ihm nach. Auf meiner Uhr war es halb sechs Uhr morgens. Es dämmerte bereits. Die Milchmänner

waren schon unterwegs. Sheila hatte mit dem Baby bei ihrer Mutter übernachtet.
Richard war ein Schwarzer. Seine Haut war schwarz. Er stank nach Nigger.
Ich schloß die Wohnungstüre und zog mich aus. Ich wußte nicht, was ich tun sollte, und ich schaute mich um. Dann ging ich zum Schlafzimmer, blieb an der Türe stehen. Ich überlegte und ging ins Bad. Vor dem Spiegel blieb ich stehen. Ein kräftiger Mann, fünfunddreißig, breitschultrig und gesund, schaute mich an. Gegen diesen Typ war nichts einzuwenden. Zweifellos, er war weiß … Aber der Ausdruck in seinen Augen gefiel mir nicht …
Es waren die Augen eines Mannes, der gerade ein Gespenst gesehen hatte.

4

Von diesem Tag an begann ich eine andere Wohnung zu suchen, es war jedoch schwierig, und die Ablösungssummen waren hoch. Sheila gegenüber erwähnte ich nichts, ich wußte, daß sie unsere Wohnung gerne mochte, und ich hatte Angst, es ihr zu sagen. Welche Ausrede hätte ich finden sollen? Auf der Straße drehte ich mich ständig um, um zu sehen, ob man mir folgte. Ich suchte nach den mageren Umrissen von Richard, nach seinem Mischlingsgesicht, nach seinen krausen Haaren, nach seinem schlechtgebügelten Anzug und seinen langen Armen. Soweit ich mich zurückerinnern kann, war ich Richards wegen immer verlegen und beunruhigt, ohne daß ich sagen könnte, wann dieses Gefühl zum ersten Mal auftrat, denn die Erinnerungen an meine Kindheit unterscheiden sich nicht von denen anderer Kinder. Richard war von uns drei der dunkelste, und zweifellos genügte das, um einen Teil meiner Verlegenheit zu erklären.
Ich ging auf Umwegen zu Nick, indem ich eine Haltestelle zu früh oder zu spät ausstieg, um mir eine komplizierte Route

bis zur Bar auszudenken. Ich ersann eine Art Labyrinth, das ich aus den umliegenden Straßen, je nach Laune, zusammenstellte. Aus diesem ermüdenden Spiel – geistig ermüdend meine ich – gewann ich eine scheinbare Ruhe, eine falsche Sicherheit, deren trügerisches Gitter mich vor den zu erwartenden Angriffen schützte.

Ohne weitere Vorsichtsmaßnahmen mußte ich dann natürlich zu Nick rein, möglichst ohne mich umzudrehen. Das tat ich heute wie an allen anderen Tagen.

Jim las zerstreut hinter dem Tresen in der Spätausgabe und blickte auf, als ich hereinkam.

»Tag ...«, sagte er.

»Tag.«

»Jemand hat nach dir gefragt.«

Ich blieb wie gelähmt stehen. Dann dachte ich an die Gäste und ich trat für einen Augenblick hinter den Tresen, bevor ich mich in der Garderobe umzog.

»Wer?«

»Ich weiß nicht. Er wollte dich sprechen.«

»Warum?«

»Weiß nicht.«

»Irgendein Kerl?«

»Sicher, irgendein Kerl. Was hast du denn?«

»Nichts.«

»Gut«, sagte Jim.

Er vertiefte sich in seine Zeitung, schaute aber gleich wieder auf.

»Er kommt in einer Stunde wieder.«

»Hierher?«

»Ja, hierher. Ich sagte ihm, du wärst dann da.«

»Gut.«

»Paßt dir das nicht?« fragte Jim.

Es klang unbeteiligt, einfach gewöhnliche Neugierde.

»Warum sollte es mir nicht passen? Ich kenne ihn nicht einmal.«

»Du hast wohl niemanden erwartet.«
»Niemand.«
»Aha…«, meinte Jim.
Ich ging in die Garderobe und begann mich umzuziehen. In einer Stunde also.
Es war nicht Richard. Jim hätte mir bestimmt gesagt, wenn es ein Schwarzer gewesen wäre.
Wer aber sonst?
Einfach eine Stunde warten. Ich war fertig mit Umziehen und kehrte in die Bar zurück.
»Gib mir einen Whisky mit Soda, Jim.«
»Wenig Whisky?« fragte Jim.
»Wenig Soda.«
Er sah mich wortlos an und füllte mein Glas. Ich schüttete das kalte herbe Getränk in einem Zug herunter und verlangte noch eins. Ich mochte keinen Alkohol. Ich spürte wie er in meinem Magen brannte, aber ich blieb ruhig, völlig ruhig und angespannt.
Ich setzte mich ans Ende der Bar auf einen Hocker, von wo aus ich die Türe genau im Auge hatte.
Ich wartete.
Es kamen zwei Mädchen herein. Stammgäste. Sie lächelten mir zu. Im Vorbeigehen strich ich ihnen über den Hintern und fühlte durch ihre engen Kleider ihre wohlgestalteten Formen. Sie setzten sich nicht weit von der Bar an einen Tisch. Gute Kunden. Mit diesen Mädchen machte Nick am Nachmittag seinen Umsatz.
Ich sah sie gerne an. Sie waren gut geschminkt, sauber, wirklich appetitlich. Hübsche weiße Dinger. Wieder fiel mir Richard ein. Ich dachte so heftig an ihn, daß ich unwillkürlich zurückzuckte. Ich versuchte diese plötzliche Bewegung unauffällig aufzufangen.
Jim hantierte an seiner Kasse herum, und da spürte ich, wie er mich mit einem eigenartigen Blick fixierte. Seine Augen wandten sich sofort ab, als er sah, daß ich es bemerkt hatte.

Ich haßte dieses Warten. Ich versuchte, mich abzulenken, indem ich den Boden, die Wände, die Decke, die Neonröhren, die Flaschen in den kleinen verchromten Nischen und dann wieder die Kunden und Kundinnen eingehend betrachtete. Mein Barhocker war zu hoch, um mich in die Schenkel einer Brünetten zu versenken, und so setzte ich mich auf einen Stuhl ihr gegenüber. Sie wußte, auf was ich aus war und spreizte bereitwillig die Beine, damit ich besser sehen konnte. Es war nicht besonders hell, aber ich glaubte erkennen zu können, daß sich kein störendes Hindernis in mein Blickfeld schob. Es schien angenehm und gemütlich.
Sie gab mir ein Zeichen, stand auf und ging zu den Toiletten. Ich streckte mich.
Das war vielleicht eine Möglichkeit, mir die Zeit, bis der Kerl kam, totzuschlagen.
Ich folgte ihr nicht auf demselben Weg, sondern ging zur Treppe zu den Spielsälen. Hinter dem Samtvorhang gelangte man auf den Gang, der auf der einen Seite zur Straße, auf der anderen Seite zu den Toiletten führte.
Nick war so geschickt gewesen, die Telefonkabinen in komfortable Aufenthaltsorte zu verwandeln. Gewiß, sie waren eng, aber beklagt hatte sich noch niemand.
Sie erwartete mich in der ersten Kabine. Sie wußte, was ich wollte.
Ich wußte es auch und machte mich sofort an die Arbeit. Sie ließ sich beim Rauchen nicht stören, und das gefiel mir nicht besonders. Schließlich mußte es doch möglich sein, diese Weiber aufzugeilen; sie war ja nicht nur aus reiner Gefälligkeit hergekommen.
Bei diesem Gedanken ließ sie ihre Zigarette fallen, und ihre dicken kühlen Lippen preßten sich auf meinen Mund. Behutsam biß ich in ihr weiches, wohlriechendes Fleisch. Ich war glücklich. Ein weißes, rundes Wohlsein hüllte mich ein, wie Nebel. Ihre seidige schrumpelige Möse streckte sich meiner Hand entgegen, und sie half mir, sie ganz schnell zu

nehmen, stehend in der Kabine. Sie schloß die Augen und fröstelte, dann entspannte sie sich allmählich und zündete sich eine Zigarette an, ohne sich von mir zu lösen. Ich hielt sie um die Taille fest, meine Hände glitten über ihren gewölbten Hintern. Ich fühlte mich wohl.

Schweigend lösten wir uns voneinander, und ich strich meinen Anzug glatt, der, ehrlich gesagt, nicht besonders unordentlich war. Sie öffnete ihre Handtasche und nahm einen Lippenstift heraus. Leise zog ich die Türe der Kabine hinter mir zu und ging zur Treppe.

Ich kehrte rasch zurück. Die Angst, die einen Augenblick lang verflogen war, holte mich sofort wieder ein.

Jim war immer noch an seinem Platz. Ich sah mich hastig um. Kein neues Gesicht.

»Gib mir einen Whisky, Jim.«

Er schob mir das Glas rüber. Ich trank, stellte das Glas wieder ab und erstarrte. Ein Kerl stieß die Tür auf. Ein gewöhnlicher, unauffälliger Mann, ohne Begleitung.

Jim deutete mit dem Kinn auf ihn.

»Das ist dein Kunde«, sagte er.

»Gut«, sagte ich.

Ich blieb sitzen.

Er schien mich nicht zu kennen und ging auf Jim zu.

»Ist Dan jetzt da?« fragte er.

»Das ist er«, sagte Jim, und wies mit dem Finger auf mich.

»Guten Tag«, sagte der Mann.

Er schaute mich aufmerksam an.

»Darf ich Sie zu einem Drink einladen?«

»Whisky«, erwiderte ich.

Er bestellte zwei Whisky. Er war nicht sehr groß, dafür aber breit.

»Sie wollten mich sprechen.«

»Ja, wegen Ihres Bruders«, antwortete er.

»Sie sind ein Freund von ihm?«

»Nein«, sagte der Mann. »Ich bin mit Negern nicht befreundet.«

Er beobachtete mich genau, während er das sagte. Ich verzog keine Miene.
»Ich auch nicht«, sagte ich.
»Ist Richard wirklich Ihr Bruder?«
»Wir haben nicht denselben Vater.«
»Also ist sein Vater ein Schwarzer.«
Ich antwortete nicht. Er wartete und trank seinen Whisky in kleinen Schlucken. Jim stand am anderen Ende der Theke.
»Kommen Sie«, sagte ich, »wir setzen uns in eine ruhigere Ecke.«
Ich nahm unsere beiden Gläser und ging zu einem Tisch. Die kleine Brünette, mit der ich mich gerade in der Kabine vergnügt hatte, kam in diesem Augenblick von der Toilette zurück. Sie lächelte mich an, als sie sich setzte. Ich zwinkerte automatisch zurück.
Wir setzten uns.
»Na los«, sagte ich. »Lassen Sie die Katze aus dem Sack.«
»Richard kann nicht hierher kommen«, sagte er. »Er versprach mir fünfzig Dollar, deswegen bin ich hier.«
»Fünfzig Dollar? Wo soll er sie denn hernehmen?«
»Von den hundert, die Sie mir für ihn mitgeben werden.«
Ich atmete tief durch. Ich hielt den Tischrand mit beiden Händen fest und sah, wie meine Knöchel weiß wurden.
»Und wenn ich keine hundert Dollar habe?«
»Den Besitzer des Lokals wird vielleicht die Hautfarbe Ihres Bruders interessieren.«
»Nick? Dem ist das egal«, versicherte ich.
Der Mann schien verwirrt. Er sah mich an. Er konnte mich lange ansehen. Andere hatten fünf Jahre lang Zeit gehabt, mich anzusehen.
»Woher kennen Sie Richard?« fragte ich.
»Ich traf ihn in einer Bar.«
»Sie sind ein Mischling«, warf ich ihm an den Kopf. »Zeigen Sie ihre Nägel her.«
Er stand auf.

»Es tut mir leid«, sagte er. »Ich brauche die hundert Dollar unbedingt. Dann muß ich sie mir wohl von jemand anderem beschaffen. Von jemandem, den Sie kennen.«
Ich hatte mich ebenfalls erhoben. Ich stand ungünstig, es war nicht genügend Platz, aber der Schlag juckte schon so, daß mein linker Arm unwillkürlich vorschnellte. Sein Kiefer krachte, und mit der Rechten packte ich ihn am Kragen seiner Weste und fing ihn noch auf, bevor er zu Boden ging.
Zwei-, dreimal machte ich die linke Hand auf und zu; ich fühlte mich wohl. Ein Mädchen und eine Schlägerei, das war das Leben ... Woher sollte ich wissen, daß es noch etwas anderes gab? Allmächtiger! Ich hatte immer nur soviel Zeit gehabt, sie zu zermalmen, sie zu zerstören, bevor sie mein Leben ruinieren konnten, und, das schwöre ich, nie wieder werde ich mir Sorgen machen und deswegen einen Tag lang Trübsal blasen.
Natürlich hatte niemand unsere kleine Auseinandersetzung bemerkt.
Jim sah mich an. Er schaute sofort weg, als sich unsere Augen begegneten. Der Kerl stand, ich wußte nicht, wie er sich aufrecht hielt. Total weggetreten, aber er stand. Ich setzte ihn auf den Stuhl und wartete. Er schien Mühe zu haben, seine Augen zu öffnen und nahm einen großen Schluck. Seine Hand tastete vorsichtig das Kinn ab, als wäre es sehr kostbar.
»Steh auf«, sagte ich.
»Warum?« flüsterte er.
»Wir gehen zu Richard.«
»Nein.«
Meine Hand krampfte sich zu einer Faust zusammen und hämmerte so ganz nebenbei auf den Rand des Tisches.
»Ich weiß nicht, wo er ist«, fügte er hinzu.
»Wann triffst du ihn?«
»Heute abend.«
»Jetzt ist es Abend. Geh, ich komme mit.«

»Ich habe Durst…«, sagte er.
»Da steht dein Whisky. Trink ihn aus.«
Das Trinken machte ihm Mühe. Er sah sehr müde aus.
»Ich weiß nicht, wo Richard ist«, wiederholte er.
Er schien von dem, was er sagte, nicht besonders überzeugt.
»Ich weiß es auch nicht. Deswegen müssen wir ihn suchen. Komm.«
Ich stand auf, hievte ihn hoch und schob ihn bis zum Tresen.
»Jim«, sagte ich, »kannst du mir meinen Mantel geben?«
Jim ging in die Garderobe.
»Also«, sagte ich wieder, »wo ist denn der gute Richard?«
Plötzlich sah ich mein Gesicht im Spiegel hinter dem Tresen und ich begriff, warum der Typ nicht antwortete. Dennoch war ich ruhig, viel ruhiger, als an dem Abend, an dem ich Richard schlafend im Flur gefunden hatte. Und viel ruhiger, als an den Tagen, an denen ich eine Wohnung gesucht hatte.
Entweder war heute abend Schluß oder ich mußte alles aufgeben. Alles. Auch das Mädchen von der Kabine, die Schlägerei, Sheila, das Kind. Das alles war mir plötzlich so wichtig wie noch nie. Das und der Whisky und diesen Idioten in die Fresse schlagen, die sich besaufen, statt zu bumsen, weil sie sich nüchtern nicht trauen.
Jim reichte mir meinen Regenmantel, und ich zog ihn über, um nicht so auf die Straße zu müssen.
»Los«, sagte ich zu dem Kerl.
Nick wird mich schon nicht fragen. So etwas kam ja nicht häufig vor.
Er ging voraus.
»Ist es weit«, fragte ich.
»Nicht sehr«, sagte er. »In der Nähe der 115. Straße.«
Also in Harlem.
»Treibst du dich immer mit diesem Negerpack herum?« sagte ich.
»Da kann was rausspringen«, sagte er.

Eine gesunde Einstellung für normale Leute, sollte man wenigstens meinen. Aber diese Überschätzung scheint sie eher zu verärgern.

Er sah mich besorgt an. Ich war zwar viel größer als er, dafür war er umso schwerer. Er war so breit wie ein Bierfaß.

»Macht dir das Spaß«, fragte ich, »dir die Fresse einschlagen zu lassen?«

»Fünfzig Dollar ist es mir wert«, sagte er.

»Ich würde zu gerne wissen, um welche Dollar es sich handelt«, witzelte ich. »Es sei denn, mein sogenannter Bruder Richard hat in der Zwischenzeit eine andere Melkkuh gefunden ...«

»Warum kommen Sie dann mit, wenn er nicht Ihr Bruder ist?« fragte der Mann.

»Es macht mir Spaß, ihre blöden Gesichter zu sehen«, erwiderte ich.

Ich wußte, was mich plagte. Ich war beides, weiß und schwarz, aber ich hatte nicht gewußt, daß ich mich eines Tages entscheiden mußte. Dieser Tag war nun gekommen. Ich dachte an Sheila, an die Telefonkabine und an die Prügel, die die Neger beim Aufstand in Detroit bezogen hatten, und ich grinste höhnisch. Ich hatte mich entschieden, von beiden Möglichkeiten, Prügel zu beziehen oder Prügel auszuteilen, zog ich letztere vor.

Selbst, wenn ich sie meinem verehrten Bruderschwein Richard verpassen mußte.

Ich hielt ein vorbeifahrendes Taxi an und nannte die Adresse.

5 Drinnen war es dreckig und stank. Der Kerl sagte etwas zu dem Neger hinter der Bar, und dieser zeigte zur Treppe, die in den Keller führte. Ohne mich umzusehen, ging ich voraus. Ich weiß nicht, ob viele Gäste da waren. Ich glaube nicht, daß ich in der Lage gewesen wäre, das Lokal, das auf den ersten Blick so aussah wie alle anderen, zu beschreiben.

Mir war die Raumaufteilung nicht ganz klar. Am Ende der Treppe war ein Gang, der im rechten Winkel einen Knick machte. Wir gingen diesen Gang entlang, und ich sah am anderen Ende eine zweite Treppe, die nach oben führte. Die beiden Treppen konnte man leicht verwechseln. Es war die dritte Tür rechts.

In der verrauchten und ungesunden Luft entdeckte ich zwei hellbraune Mädchen und einen Mann. Ein Mädchen saß am Tisch und wartete, auf ich weiß nicht was, während der Mann und das andere Mädchen auf einem schäbigen Sofa ungeniert miteinander schmusten. Das Mädchen hatte das Kleid ausgezogen und was sie noch anhatte, verdeckte nur spärlich, was es verdecken sollte.

Der Mann war natürlich Richard. Sein mageres Gesicht glänzte vor Schweiß, während er langsam über die Hüften seiner Gefährtin strich. Sie lagen ausgestreckt auf dem Sofa, beide in gleicher Richtung, und ich sah Richards Hände zu den festen Kugeln hinaufwandern, die den speckigen Büstenhalter zum bersten ausfüllten.

Ich hatte gut daran getan, mir eine kleine Zusammenkunft mit der Brünetten bei Nick zu leisten, da mich dieser Anblick zwar anwiderte, gleichzeitig aber auch erregte. In dem Raum war Unordnung. Es stank nach Schweiß. Ich fröstelte, aber es war mir nicht gerade unangenehm.

Keiner der drei war aufgestanden, als ich hereinkam. Man hörte nur das Hecheln der Frau auf dem Sofa und Richards Bewegungen. Seine Augen blieben geschlossen.

Mein Begleiter unterbrach den Zauber, und ich ertappte

mich, wie ich das andere Mädchen musterte. Sie hatte langes, gerades Haar, aufgeworfene Lippen und große knochige Hände.
»Richard«, sagte der Kerl, »hier ist dein Bruder.«
Langsam öffneten sich Richards Augen. Er stützte sich auf einen Ellenbogen, ohne das Mädchen loszulassen. Die eine Hand zog am Büstenhalter, der mit einem Ruck aufsprang. Die runden, braunen, sehr großen Brustwarzen hoben sich von der etwas helleren Haut ab, und ich sah, wie sich Richards Finger in dieses elastische einladende Fleisch eingruben.
»Hallo Dan«, sagte er.
Ich antwortete nicht.
»Ich wußte es, daß du kommen würdest«, fuhr er fort. »Der Bruder läßt doch seinen Bruder nicht im Stich.«
»Ich bin nicht dein Bruder«, sagte ich, »das weißt du genau.«
Nun legte er das Mädchen endgültig flach und ohne sich zu genieren, stieg er auf sie drauf. Er machte einen leicht abwesenden Eindruck, als stünde er unter Drogen. Wahrscheinlich hatte er Marihuana oder eine ähnliche Schweinerei geraucht.
»Aber sicher doch«, meinte er.
Das Mädchen bewegte sich kaum. Sie neigte ihren Kopf nur zur Seite und ihre angewinkelten Arme waren aufgestellt. Ich sah Schweißperlen unter ihren nackten Achseln. Irgendwie war meine Wut verflogen, und ich fühlte mich plötzlich sehr matt. Sehr matt und ein wenig nervös. Das andere Mädchen rührte sich nicht. Ihre knochigen Finger trommelten auf den Tisch.
Der Typ sah uns an, zuckte mit den Schultern und ging. Ich hörte ihn auf dem Gang auf und ab wandern.
Die auf dem Sofa grunzte leise vor Lust, aber Richard löste sich von ihr und stand auf. Er brachte seine Kleider in Ordnung und setzte sich an den Tisch. Das Mädchen war noch

geil, unbefriedigt, und Brust und Becken hoben und senkten sich auf dem speckigen Bezug.
»Was willst du?« fragte ich Richard.
Plötzlich kam er mir so harmlos vor, daß ich Mühe hatte, mich an meine Panik und an meine Erregung, an dem Tag, als ich ihn bei mir antraf, zu erinnern. Es fiel mir schwer, daran zu denken, daß ich seit damals eine andere Wohnung suchte. Wozu? Wegen dieses müden, ausgemergelten Mulatten? Der mit mir sowenig zu tun hatte?
»Gib mir hundert Dollar«, sagte Richard. »Ich hab nichts mehr.«
»Ich habe keine hundert Dollar« erwiderte ich.
»Du mußt deinem Bruder helfen. Der Herr wollte, daß ich dich wiederfinde und daß ich meine Schwester Sheila wiederfinde.«
Da sah ich ihm plötzlich ins Gesicht und sah seinen Blick: hinterhältig und lauernd, ein leises Lächeln um den Mund. Mit dem Handrücken wischte er sich über die feuchte Stirn, dann wandten sich seine Augen ab und blickten unverwandt in eine Ecke des Zimmers.
Undeutlich spürte ich dieselbe Gefahr wie neulich, ich konnte aber nicht mehr reagieren. Einen Augenblick zögerte ich noch und überlegte, ob die Blutsbande nicht doch stärker waren als der Verstand, ob mein schwarzes Erbe mich nicht unwiderstehlich zu Richard hinzog, trotz der langen Jahre, die ich mit den Weißen verbracht und in denen ich ihr Wesen angenommen hatte. Aber nein, es war absurd, unmöglich. Ich hing an den Weißen mit allen Fasern meiner Seele, durch Gewohnheiten, ihre Vertraulichkeiten mir gegenüber, durch dieses Gefühl »dazu« zu gehören, das ich unter ihnen empfand. Ich hing an ihnen Sheilas wegen, meines Sohnes wegen, der eine gute Erziehung bekommen, ein College besuchen und es zu etwas bringen würde, zu Reichtum und Ansehen, mit schwarzen Domestiken und einem Privatflugzeug.

»Hör zu, Richard, wenn ich dir hundert Dollar gebe, versprichst du mir, nach Chicago zurückzugehen und mich in Ruhe zu lassen?«

»Ich schwöre es vor Gott, der uns hört«, sagte Richard und stand auf. »Die hundert Dollar werden aber nicht lange reichen.«

»Ich werde dir jeden Monat Geld schicken«, brachte ich mit Mühe heraus.

Warum zertrat ich ihn nicht? Warum fiel ich nicht über ihn her, um ihn loszuwerden? Ich wußte es selbst nicht mehr, was ich fühlte. Ich glaubte vor einem Abgrund zu stehen. Die leiseste Erschütterung, und ich würde das Gleichgewicht verlieren.

»Wieviel?« fragte Richard.

Das Mädchen auf dem Sofa bewegte sich nicht mehr. Sie sah uns an, ihre Augen glänzten, und sie gab mir ein Zeichen. Monotone Schritte im Gang.

»Ich werde dir Geld schicken«, wiederholte ich mühsam.

Ich wollte an etwas anderes denken, ich mußte an etwas anderes denken.

»Ich muß meinem Freund fünfzig Dollar geben«, sagte Richard. »Von den hundert bleibt mir dann nicht viel übrig ...«

»Hol ihn.«

Er holte ihn herein.

»Du wirst jetzt gehen«, sagte ich zu ihm.

»Sachte«, antwortete er, »Sie kommen sich wohl sehr clever vor?«

Ich wollte ihm nicht sehr weh tun, aber er flog ein paar Meter durch die Luft.

»Steh auf«, befahl ich.

Die Mädchen schauten wortlos zu und ich hörte ihren aufgeregten Atem.

»Du wirst mit diesen zwanzig Dollar verschwinden«, sagte ich und zog zwei Scheine aus meiner Tasche, »und wenn ich

dein Gesicht jemals wiedersehe, wirst du es hinterher nicht mehr erkennen.«
»Geben Sie her«, sagte er. »Ich will weder Sie noch ihn jemals wiedersehen.«
Er stopfte die Scheine in die Tasche und ging. Ich hörte seine Schritte noch auf der Treppe und dann nichts mehr.
Das Mädchen vom Sofa stand auf, völlig nackt und machte die Tür zu. Sie ging zu Richard und setzte sich auf den Tisch. Sie roch säuerlich, und ihr Körper dampfte. Sie lächelte ins Leere und sah mich an.
Werde ich es tun? Werde ich Richard umbringen? Ich sah die beiden Mädchen an, den mageren Körper meines Bruders und seine hinterhältigen Augen. Dieser schreckliche Geruch stieg mir zu Kopf, so daß mir Schauer den Rücken runterliefen. Ich stellte mir meine beiden Hände um seinen harten sehnigen Hals vor und hörte schon die Schreie der beiden Mädchen. Keine Frage, ich mußte ihn loswerden, und zwar nicht mit Geld für die Rückkehr nach Chicago. Klar. Aber nichtsdestoweniger mußte ich auch diese Mädchen loswerden, das stand fest. Gut. An die Arbeit.
»Geh Whisky holen«, sagte ich zu der, die noch angezogen war. »Wie heißt du?«
»Ann«, sagte sie.
»Ich bin Sally«, sagte die andere.
Sie blickte mich von unten an und lachte, den Kopf etwas schräg auf ihrer Schulter, ihr runder, fester Hintern war auf der rauhen Tischfläche plattgedrückt, und Schweißperlen rannen von den Achseln auf ihre Schenkel. Nun setzte sie sich anders hin, und ich konnte ihr Dreieck sehen, das von krausem Flaum, kaum dunkler als ihre Haut, spärlich bedeckt wurde. Ich schloß die Augen und stellte mir meine Hand auf der prallen, gewölbten Möse vor und ich spürte, daß ich das nicht mehr lange durchhalten würde, und ich war dabei, das Spiel zu verlieren. Mit letzter Anstrengung versuchte ich mir meine Niederlage und Sheila, meinen Sohn,

das Ende meiner Träume vorzustellen. Doch Richards magerer Hals und seine kaputten Hände konnten mich nicht ernsthaft gefährden. Das Aroma dieser beiden Frauen, dieser Schwarzen, schien sich auszubreiten, es kam von den schmutzigen Wänden, von denen die verblaßte Farbe abblätterte, es stieg aus dem feuchtkalten Boden, aus dem altmodischen Sofa, es kam vom Tisch herüber, von den Beinen dieses Mädchens, von ihrer gierig atmenden Brust, von ihren Schenkeln und dem harten weißen Dreieck, das ich mit meinem ganzen Gewicht niederdrücken würde...
Richard streckte sich und stützte sich auf den Tisch. Sally sah ihn zärtlich an und fuhr ihm mit der Hand ins Haar. Ihre Finger waren lang und beweglich, und ich stellte mir diese Hände auf meinem Körper vor. Ann war mit den fünf Dollar, die ich ihr gegeben hatte, Whisky holen gegangen. Ich würde nun Whisky trinken. Wieder begegnete ich den kalten, harten Augen von Richard. Er wartete nicht auf Whisky, er wollte Geld.
Ich hatte Angst, dazwischen vergaß ich sie. Die sexuelle Erregung, die mich gepackt hatte, hinderte mich, an die Konsequenzen von Richards Auftauchen zu denken, die mich Tag und Nacht verfolgt hatten. Der Gedanke daran war nur noch wie ein Wetterleuchten, zwei Körper auf dem abgenützten Sofa hatten alles andere verdrängt: Sally und ich. Richard ließ mich nicht aus den Augen.
Ich ging zum Tisch. Ich brauchte nur die Hand auszustrekken, um Sally zu berühren.
Sie kam mir zuvor. Sie stand auf und klebte sich an mich, nahm meine rechte Hand und legte sie auf ihre spitze Brust. Richard rührte sich nicht. Ich hörte, wie die Türe aufging. Ann kam herein, drehte den Schlüssel um und stellte die Flasche auf den Tisch. Richard packte sie, zögerte, aber er machte sie auf, und ich sah ihn gierig trinken.
Ann wartete auf die Flasche und lächelte, als unsere Augen sich begegneten. Ich spürte, wie Sally sich bewegte und

unruhig wurde, und ich wagte nicht, an sie zu denken. Plötzlich machte sie sich los und half mir aus dem Regenmantel. Meinen Hut legte ich neben mich.
Richard hörte auf zu trinken. Er gab die Flasche Ann. Sie nahm, trank, und nun war ich an der Reihe. Währenddessen zogen mich Sally und Ann aus. Richard war in sich zusammengesunken, sein Kopf lag auf seinen Armen. Ich trug Sally auf das Sofa. Mit den Lippen streichelte ich ihre Haut und kostete den salzig bitteren Geschmack ihres Schweißes, ich hatte Lust, sie zu beißen. Sie zog mich zu sich herunter, nahm meinen Kopf, und ich spürte ihre Bereitschaft, als ich sie küßte, und gleichzeitig schmiegte sich Ann an mich. Ich stürzte mich auf Sally, wie ein Tier, und sie schrie; unsere nackten Körper dampften in der Kälte des Raumes, und ich vergaß meine weiße Haut.

6

Meine Glieder schmerzten, und mein Schädel brummte, als ich mich schließlich von den beiden ineinander verkeilten Körpern losmachte. Sallys Kopf wackelte reglos hin und her. Sie fiel zurück, als ich versuchte, sie aufzusetzen. Sie öffnete ihre Augen ein wenig, lächelte leicht und schloß sie gleich wieder. Ann schüttelte sich wie ein nasser Hund, und mich schüttelte die Anmut ihrer Mannequinfigur: lang und schmal, die Brüste klein und hochangesetzt, die Knochen zierlich und zerbrechlich. Sie war geschmeidig wie ein Raubtier. Sheila schüttelte sich auch so.
Sheila. Ich sah auf die Uhr. Was würde Jim nur denken? Nick... Nick würde nichts sagen. Plötzlich hatte ich Angst und starrte auf den Tisch. Meine Kleider waren da, und Richard schlief, sein Gesicht in der Armbeuge vergraben.
Ich hatte keine hundert Dollar bei mir. Ich müßte wiederkommen. Zuerst müßte ich... Warum nicht Richards Schlaf ausnützen?

Ich stand auf, bewegte mich vorsichtig. Alles funktionierte. Ich war schnell wieder nüchtern. Zwei Mädchen, das war das beste Mittel gegen Whisky. Sally lag mit offenem Mund da. Plötzlich ekelte ich mich und ich roch an meinen Händen. Mein ganzer Körper war mit ihrem Geruch imprägniert. Ich fröstelte, aber als ich den ockerfarbenen Körper des zweiten Mädchens betrachtete, während sie sich anzog und sorglos ein Lied summte, bekam ich plötzlich wieder Lust. Ich spürte ihre Haut brennend und klebrig. Aber ich konnte Sheilas Gesicht, ihre gewellten blonden Haare, ihre knallroten Lippen, die blaugeäderte Haut ihrer nackten Brüste nicht aus meinen Gedanken verdrängen.
Ich wollte Richard die hundert Dollar nicht geben. Er schlief. Ich brauchte nur zu gehen.
Ich nahm meine Kleider und zog mich schnell an. Ich hätte mich gerne geduscht, aber ich mußte mich beeilen. Ich mußte zurück zu Nick, zu meiner Arbeit. Gut, daß es am Nachmittag passierte. Nachmittags hatte ich meistens nicht viel zu tun.
Wie konnte ich nur diesen Geruch loswerden? Sheila würde bestimmt etwas merken. In dem Maße wie mir meine Lage bewußt wurde, hatte ich das Gefühl, daß mein Verstand wieder funktionierte, und umso heftiger und genauer begann ich zu registrieren.
Richard rührte sich nicht, er schlief wirklich tief. Ich konnte wieder klar denken. Zu klar. Ich war keinen Schritt weitergekommen. Ich hatte mich durch sexuelles Verlangen ablenken lassen. Alle Männer haben Lust, mit Schwarzen zu schlafen – alle weißen Männer – Männer wie ich. Die Rasse spielt keine Rolle in diesem Fall. Es ist ein natürliches Bedürfnis. Man meint, es wäre anders.
In Wahrheit war es auch anders.
Ich ballte die Fäuste, ich hatte mich von meinem Ziel abbringen lassen. Ich drehte mich im Kreis. Ann beobachtete mich schadenfroh und befriedigt.

»Wann kommst du wieder?« flüsterte sie.
»Ich komme nicht mehr«, sagte ich grob.
»Willst du Richard nicht sehen?«
Sie ging zu ihm hin und wollte ihn wecken. Ich hielt sie davon ab.
»Faß ihn nicht an«, befahl ich.
Sie blieb artig stehen.
»Warum kommst du nicht wieder?« fragte sie.
»Ich bin nicht sein Bruder. Ich mag seine Hautfarbe nicht. Ich will ihn nicht sehen.«
»Magst du meine Farbe?« fragte sie lächelnd.
Es gab nichts an ihrem Körper, das meiner nicht gekostet hatte, an das er sich nicht deutlich erinnern konnte.
»Ich bin ein Weißer«, sagte ich. »Ich darf euch nicht kennen.«
Sie zuckte mit den Schultern.
»Es gibt viele Weiße, die mit Schwarzen zusammenleben. Wir sind hier nicht im Süden. Wir sind in New York.«
»Ich brauche euch nicht«, erwiderte ich. »Ich bin auch so glücklich. Mir liegt nichts daran, mich von einer Niggerbande ausnehmen zu lassen.«
Sie lächelte immer noch, und die Wut stieg in mir hoch.
»Ich kann sehr gut auf euch drei verzichten«, sagte ich. »Ich will nichts von euch. Ihr aber wollt mich erpressen.«
Mir wurde klar, daß ich mich verteidigte, ohne angegriffen worden zu sein. Diese drei harmlosen Gestalten mich angreifen?
»Wir gehören in zwei verschiedene Welten«, sagte ich. »Zwei Welten, die miteinander leben, sich aber nicht zu nahe kommen dürfen. Und wenn sie sich nahe kommen, endet es nur in Unglück und Chaos; für beide.«
»Richard hat nichts zu verlieren«, sagte sie.
War das eine Drohung oder stellte Ann das nur einfach fest? Ich fragte mich, was die drei – Ann, Richard und Sally – miteinander verband. Sie wiederholte ihre Frage.
»Wann kommst du wieder?«

Sie schob den Rock bis übers Knie hoch, um den Strumpfhalter zu befestigen. Sie schob ihn weiter hoch als nötig, und als ich die Schatten auf ihrer Haut sah, spürte ich, daß es besser war, zu gehen. Meine Wut verwandelte sich in etwas anderes. Lautlos ging ich am Tisch vorbei und achtete auf Richards Atem.

»Gib mir Geld«, verlangte Ann leise. »Richard braucht etwas zu essen.«

»Und du?« fragte ich. »Ißt du nichts?«

Sie schüttelte den Kopf.

»Ich brauche kein Geld. Ich bekomme, was nötig ist.«

Beschämt blieb ich stehen. Warum beschämt? Ich kramte in meiner Tasche und zog einen Schein heraus. Ich schaute ihn an, es waren zehn Dollar.

»Da«, sagte ich.

»Danke, Dan. Richard wird zufrieden sein.«

»Nenne mich nicht Dan.«

»Warum?«fragte sie behutsam.

Warum? Natürlich konnte sie nicht wissen, daß Sheila mich genauso schleppend ›Dan‹ nannte. Egal, sie hätte es wissen sollen.

Ohne mich weiter aufzuhalten, verließ ich den Raum. Ann versuchte nicht, mich zurückzuhalten.

Ich ging den feuchten Gang entlang, hin und her gerissen von den Erlebnissen, die sich zu einem fast körperlichen Unbehagen verdichteten. Und dann überkam mich ein so starkes Bedürfnis, alles zu verändern, meine Wohnung aufzugeben und eine neue zu nehmen, mich zu verstecken, daß es mir den Schweiß ins Gesicht trieb. Eine gewaltige Angst schnürte mir die Kehle zu, die Angst eines Verfolgten – schlimmer noch – die Angst eines Opfers, das sich wie gebannt, seinem Henker zum Spiel überläßt. Haben Sie je eine Maus beobachtet, wenn die Katze ihre Pfote von dem winzigen Rücken nimmt? Sie rührt sich nicht, sie versucht nicht einmal zu fliehen, und der nächste Pfotenhieb ist zarter als

ein Streicheln – ein Streicheln aus Liebe, die Liebe des Opfers zu seinem Henker, der es ihm in gewisser Weise lohnt. Sicher mochte mich Richard ganz gerne. Nur, wann war der nächste Angriff?
Gewöhnliche Mäuse können sich nicht verteidigen. Ich hatte meine Fäuste und konnte mit einer Pistole umgehen. Man weiß nie, es könnte nützlich sein...

7

An diesem Abend blieb ich nicht lange bei Nick. Ich war müde, mehr seelisch als körperlich, und diese Idioten, die jeden Abend spielten und sich besoffen, widerten mich mehr an, als je zuvor.
Tief in meinem Inneren war ich beunruhigt, alles war so verschwommen wie ein Schatten, und das Leben hatte zweifellos Mitleid mit mir, denn der Abend endete schnell und ohne Zwischenfall – und ich befand mich alleine auf der Straße, im gelben Licht. Ich lief neben meinem Schatten her, der sich wie ein Sekundenzeiger jedesmal drehte, wenn ich an einer Straßenlampe vorbeikam. In der Schwärze der Nacht verharrte die Stadt in dem dumpfen Tosen, das niemals aufhört, und ich lief noch schneller. Eine seltsame Unruhe trieb mich zu Sheila.
Ich ging nicht sofort ins Zimmer, sondern schlich mich zuerst ins Bad, wo das Fenster offen stand. Ich zog mich aus und duschte, doch das seltsame Gefühl widerstand dem kalten Wasser. Dessen wurde ich mir bewußt, als ich meinen kalten Körper mit dem Badetuch abtrocknete.
Ich ließ meine Kleider im Bad und ging zu Sheila. Sie schlief völlig unbedeckt. Ihre Pyjamajacke gab ihre makellose Brust frei, und das offene Haar verdeckte ihr Gesicht teilweise. Ich legte mich neben sie, nahm sie in die Arme, um sie zu küssen, so wie ich es jeden Abend tat. Im Halbschlaf, mit geschlossenen Augen erwiderte sie meine Küsse, überließ sich meinen

ungeduldigen Händen, und ich zog sie ganz aus. Hartnäckig hielt sie die Augen geschlossen, aber ich wußte, daß sie sie aufmachte, sobald ich sie mit meinem Gewicht erdrücken würde. Ich streichelte ihre kühlen Arme und ihre leicht gewölbten Hüften. Sie kam meinen Liebkosungen entgegen und flüsterte mir Zärtlichkeiten ins Ohr.

Ich fuhr fort, sie zu küssen und ihren warmen festen Körper zu streicheln - und dabei vergingen einige Minuten. Sie wartete sichtlich auf mich - ich rührte mich nicht. Ich konnte nicht. Ich blieb schlaff. Es war nicht zu ändern. Noch merkte Sheila es nicht, und plötzlich war ich mir bewußt, daß mich ihre Küsse kalt ließen, und daß ihr Körper meinen Körper nicht erregte. Alles, was ich tat, tat ich automatisch, aus Gewohnheit. Ich mochte ihre Figur, ich mochte die Festigkeit ihrer Beine und das goldfarbene Dreieck auf ihrem Bauch, und ich mochte die fleischigen Spitzen ihrer runden Brüste, aber es war eine leblose Liebe - wie die Liebe zu einem Foto.

»Was hast du, Dan?« fragte sie.

Sie sprach, ohne die Augen aufzumachen. Ihre Hand glitt von meiner Schulter auf meinen Arm.

»Nichts«, erwiderte ich. »Viel Arbeit heute.«

»Das hast du jeden Tag«, sagte sie. »Magst du mich heute nicht?«

Sie rückte enger an mich heran, und ihre Hand suchte nach mir. Sanft machte ich mich los.

»Ich denke an etwas anderes«, sagte ich. »Ich habe Schwierigkeiten. Verzeih.«

»Schwierigkeiten mit Nick?«

Ihre Stimme verriet nicht das geringste Interesse für meine Sorgen. Sie wollte nur das eine und nun war sie frustriert, weil sie es nicht bekam. Und ich konnte sie verstehen. Ich versuchte an etwas Aufregendes zu denken, ich versuchte, mir ihren Körper vorzustellen, während wir uns liebten, ihren halboffenen Mund, ihre leuchtenden Zähne und das heisere

Röcheln, das sie ausstieß, während sie ihren Kopf nach links und nach rechts warf, und ihre Finger sich in meinen Rücken und in meine Hüften krallten. Sheila wartete, halbwach aber doch wach genug, um zu merken, daß etwas mit mir nicht stimmte.
»Ja«, sagte ich, »Schwierigkeiten mit Nick. Er findet mich zu teuer.«
»Dann hat er nicht genügend Gäste«, sagte Sheila.
»Das kann ich ihm nicht sagen.«
»Du ziehst es vor, dich um die weiblichen Gäste zu kümmern, die ihm nichts einbringen.«
Sie rückte von mir ab, und ich versuchte nicht, mich ihr zu nähern. Ich fühlte mich nicht gut und war besorgt. Ich grübelte weiter, ich kramte verzweifelt in meinem Gedächtnis, um Erinnerungen wachzurufen. Mir kamen die Abende bei Nick in den Sinn, die Mädchen, mit denen ich in den Telefonkabinen gevögelt hatte, die Brünetten und die Blonden, deren Berührungen mir Kraft zu verleihen schienen.
Diese flüchtigen Begegnungen mit Frauen, die mich nicht liebten und die bei mir nur das suchten, was ich bei ihnen suchte: einen bequemen Partner, der bumsen will, erschöpften mich nicht, im Gegenteil, der Wunsch nach Sheila wurde umso brennender, als führte mich das Wissen um diese Art Objektlust dazu, mich noch enger an diese Frau, die ich über alles liebte, zu klammern.
Was für eine empfindsame Seele! Die Seele des Rausschmeißers von Nick! …
Mein Körper war schlaff und kalt, die angespannten Muskeln sprangen wie unruhige Tiere unter der Haut hin und her.
»Sheila«, murmelte ich.
Sie antwortete nicht.
»Sheila, du tust mir unrecht.«
»Du bist betrunken, laß mich.«
»Ich habe nicht getrunken, Sheila, wirklich nicht.«
»Das wäre mir aber lieber.«

Ihre Stimme war unnatürlich tief, sie war den Tränen nahe. Sheila, ich liebte sie so sehr.
»Es ist nicht der Rede wert«, sagte ich. »Bitte glaub mir doch. Es ist wahrscheinlich nicht richtig, daß ich mich davon so beeinflussen lasse ...«
»Selbst wenn Nick dir dein ganzes Geld genommen hätte, ist das noch lange kein Grund, mich so zu verachten.«
Ich unternahm noch einen verzweifelten Versuch, mich aufzugeilen. Ich stellte mir erotische Szenen vor, um diese ungesunde Starre, die mich untätig an die Laken unseres Bettes fesselte, loszuwerden. Zwanzig mal hatte ich mit Maxine und ihresgleichen Liebe gemacht. Zwanzig mal war ich ruhig nach Hause gekommen, glücklich, meine Frau zu sehen und glücklich, sie befriedigen zu können, da ich aus der Begegnung mit ihrem makellosen Körper jedes Mal wieder neue Kräfte schöpfte. Ich konnte nicht. Nichts.
»Sheila«, sagte ich, »verzeih mir. Ich weiß nicht, was du glaubst, ich weiß auch nicht, was du dir vorstellst, aber es ist bestimmt nicht wegen einer oder mehrerer Frauen.«
Sie weinte jetzt und stieß kurze Schluchzer aus.
»Ach, Dan, du liebst mich nicht mehr. Dan ... du ...«
Ich beugte mich über sie. Ich küßte sie. Ich tat mein möglichstes. Es gibt Frauen, die man so beruhigen kann, und von ganzem Herzen wünschte ich mir Sheila glücklich. Mit aller Gewalt schob sie meinen Kopf weg und rollte sich in ihr Laken, um sich meiner Berührung zu entziehen.
Ich sagte nichts. Im Zimmer war es dunkel. Ich horchte. Ihr Schluchzen ließ nach, und ihr regelmäßiger Atem verriet mir, daß sie eingeschlafen war.
Ich stand leise auf und ging wieder ins Bad. Mein Hemd hing an einem Haken an der Wand. Ich nahm es und roch daran. Der Geruch von Sally, der Geruch von Ann, er war noch da. Und ich spürte, wie ich steif wurde.
Ich ließ das Hemd fallen und fuhr mir übers Gesicht. Der Geruch war nur noch schwach, dennoch haftete er, undeutlich

und stark, und ich sah Ann und Sally wieder, unsere ineinander verschlungenen Körper im feuchten Keller dieser Kneipe in Harlem.
Nebenan schlief Sheila. Ich hatte mich noch nie gefragt, ob ich sie betrog, wenn ich meine Lust mit den Mädchen von Nick befriedigte und die Nutten im Auto ihrer Kunden hinter deren Rücken flachlegte. Plötzlich wußte ich, daß ich mich nicht richtig verhielt und daß ich etwas Unverzeihliches tat, da ich sie im Geist betrog, und mein Körper ihr gegenüber gleichgültig blieb.
Ich versuchte, mich zu beruhigen. Nun gut. Es war ja möglich, daß mit zwei Schwarzen zu schlafen anstrengender ist, als mit zwei Weißen, und daß ich nur Erholung brauchte. Aber mein angespannter Körper bewies mir das Gegenteil, und die Bilder, die in mir vorbeizogen, hatten nichts mit dem blauen Wasser eines Bergsees zu tun.
Wieder stieg ich in die Badewanne und griff zur Dusche, wieder kaltes Wasser – diesmal, um mich abzuregen.
Ich wagte nicht einmal, meine Geilheit auszunützen und Sheila zu wecken, um ihre Zweifel zu beseitigen.
Ich hatte Angst. Ich hatte Angst, daß diesmal der Vergleich nicht zu ihrem Vorteil ausfiel.
Seelisch gebrochen und zerschlagen, verließ ich das Bad.
Ich ging ins Bett zurück und verzog mich in die Ecke, von etwas verwundet, dessen Ursache ich nur allzu gut zu kennen glaubte. Schließlich übermannte mich der Schlaf.

8 Ich schlief unruhig, von Alpträumen gequält, und trotz meiner Müdigkeit wachte ich lange vor Sheila auf, da ich das vage Gefühl hatte, weggehen zu müssen, bevor sie mir neue Fragen stellte, bevor das Gespräch eine schlechte Wende nahm. Das Kind schlief im anderen Zimmer, und ich mußte mich beeilen, da es vom Straßenlärm um sieben Uhr bestimmt aufwachen würde.

Ich rasierte mich schnell, wechselte die Wäsche und schmiß die vom Vortag in einen Lackkoffer. Ich zog einen leichten Anzug an und ging.

Ich frühstückte in einem Café. Ich ließ mir Zeit. Schließlich hatte ich viel Zeit totzuschlagen, bevor ich mit der Arbeit bei Nick beginnen konnte.

Ich betrat eine Telefonzelle und rief Sheila an.

»Hallo?«

Ihre Stimme klang beunruhigt.

»Hallo, hier ist Dan«, sagte ich. »Guten Morgen.«

»Hast du nicht gefrühstückt?«

»Ich mußte weg«, erklärte ich. »Wegen dieser Sache, von der ich dir gestern erzählt habe.«

Sie antwortete nicht, und bei dem Gedanken, sie würde einhängen, stand mir der kalte Schweiß auf der Stirn.

»Ach ja«, sagte sie endlich, »jetzt erinnere ich mich.«

Dieser eisige Ton, mit dem sie das sagte!

»Ich komme nicht heim«, sagte ich, »ich gehe direkt zu Nick. Ich muß heute vormittag ein paar Leute sehen.«

»Paß auf, daß sie nicht zu viel Lippenstift haben«, entgegnete sie schlagfertig.

Diesmal hängte sie ein. Auch gut. Ich legte den Hörer wieder auf die Gabel und ging aus der Zelle.

Bis fünf Uhr abends, das ist ganz schön lang.

Spazieren gehen. Und dann Kino.

Eine Wohnung suchen.

Ich lächelte bei dem Gedanken. Es war kein fröhliches Lächeln. Es war wieder so eine lächerliche Warnung, der

stechende Schmerz einer noch offenen Wunde, so oberflächlich, daß man sich schämt, ihn zu beachten.
Ich versuchte, nicht an die Probleme zu denken, die mich derartig in Beschlag nahmen. Sie wurden so übermächtig, daß es mir gelang, mich, wie bei großen Katastrophen, davon auszunehmen, mich loszulösen und fast gelassen zu bleiben.
Am Anfang hatte ich vor Richard Angst gehabt. Ich lief Gefahr, alles zu verlieren, meine Stellung, meine Frau, meinen Sohn – mein Leben. Ich hatte angstvolle Tage verbracht und alles aufs Spiel gesetzt. Dann hatte ich mich entschlossen, meinem Bruder entgegen zu treten und ihn zu stellen.
Ich war ihm begegnet. Zu meinem Unglück war er nicht allein gewesen. Dabei lernte ich meine wirklichen Gefühle kennen. Wirklich. Und jetzt hatte ich vor mir selbst Angst. Die Gefahr drohte von meinem Körper. Von meinem Körper, der sich gegen seinen Meister stellte und von einem Instinkt getrieben wurde, den ich mich weigerte anzuerkennen.
Daß Richard mich verriet und ich meine Stellung, meine Frau und meinen Sohn verlor, mochte noch angehen. Blieb ich mir jedoch treu, hatte ich noch eine Chance, alles wieder ins Lot zu bringen.
Würde mein Körper aber zum Verräter an mir, war es aus.
Ich drehte mich nach einem Mädchen um, das für diese Tageszeit und diese Gegend etwas zu gut angezogen war. Die Sonne schien. Ich lebte.
Ich dachte an Sheila.
Ich lebte und war machtlos.
Ich betrat eine Bar. Der hemdsärmelige Barmann trug eine weiße Schürze. Er putzte seinen Tresen mit einem schmutzigen Lappen. Sägespäne auf dem Fußboden.
»Whisky!« verlangte ich.
Er bediente mich wortlos.
»Schöner Tag heute«, versuchte ich ein Gespräch in Gang zu bringen. »Keinen Tip für den Nachmittag?«
»Keinen besonderen«, sagte er, »die üblichen.«

»Kein Risiko mit Bob Whitney.«
»Er wird sie alle kriegen«, sagte der Barmann.
Der Mann schien nicht sehr gesprächig.
»Was kann man in dieser Stadt um acht Uhr morgens tun?« fragte ich.
»Nichts«, antwortete der Mann, »ich meine, arbeiten.«
»Ich habe bis um fünf Uhr nichts zu tun«, sagte ich und schluckte den Whisky runter.
Es fiel mir wirklich schwer, mich an den Alkohol zu gewöhnen.
Vor dem Tresen führte eine Treppe in den Saal im ersten Stock. Man hörte das geschäftige Treiben von Eimern und Besen; jemand war gerade am Saubermachen. Ich schaute auf und sah die schwarz-weiße Baumwollbluse einer dicken Negerin, die auf der letzte Stufe kniete, und deren breiter Hintern hin und her schaukelte.
»Noch ein Whisky«, sagte ich zum Barmann.
Was konnte ich um acht Uhr morgens anderes tun? Ich steuerte auf eine Musikbox zu.
»Was habt ihr da drin?« fragte ich.
»Weiß nicht.«
Ich gab auf, entmutigt.
»Was bekommen Sie?«
»Einen Dollar«, sagte er.
Ich zahlte und ging. Ich gelangte an die nächstgelegene U-Bahnstation. Ich kaufte mir eine Zeitung und wartete auf den Zug. Er war überfüllt. Ich fühlte mich weniger allein. Und dennoch: Alle hatten ein Ziel, alle hatten ihren Platz. Ich hatte kein Ziel und stand zwischen zwei Rassen, und beide würden mich nur zu gerne ausstoßen. Nichts in der Zeitung. Ich ließ sie im Abteil liegen, als ich ausstieg.
Als ich in der Nähe von Harlem ausstieg, wie zufällig.
Ich ging in die erstbeste chemische Reinigung.
»Guten Tag«, sagte ich.
»Guten Tag, Sir.«

Es waren zwei, ein Jude und sein Angestellter. Ich zog mich in der Kabine aus und wartete, bis meine Hose gereinigt war. Ich war gezwungen, hier zu warten. Es würde bestimmt eine halbe Stunde dauern. Was konnte ich noch tun? Meine Schuhe putzen lassen? Fünf Minuten. Essen gehen? Auch das machte den Kohl nicht fett.

Ein Mädchen. Ein weißes Mädchen. Um es herauszufinden, um es zu versuchen.

Ich wurde ungeduldig.

»Beeilen Sie sich«, rief ich dem Mann zu. »Ich habe eine Verabredung mit Betty Hutton.«

»Ich bringe Ihnen etwas Eis zum Abkühlen«, antwortete der Mann im selben scherzhaften Ton. »Gleich ist es soweit. Tun Sie ihr bloß nicht weh. Die Bügelfalte der Hose ist so scharf wie ein Rasiermesser.«

»Ich werde mich auf ihre Knie setzen«, erwiderte ich.

»Hinten wird sie auch schneiden«, sagte der Reinigungsfritze.

Ich drängte nicht weiter. Dieser hier war das Gegenteil vom Barmann. Er schwatzte zu viel. Ich wartete und dachte an nichts, nur an ein weißes Mädchen.

Ich wußte, wo sie waren. Eine von Nicks Animierdamen wohnte in der Nähe. Ich begleitete sie ungefähr einmal in der Woche nach Hause. Sie brachte wirklich was ein, dieses Mädchen. Nick hatte Glück. Trotzdem ging ich noch für fünf Minuten beim Schuhputzen vorbei.

9

Sie machte mir die Tür auf und rieb sich die Augen.

»Hallo!« sagte ich, »alleine?«

»Für wen hältst du mich?«

»Für meine Freundin«, sagte ich. »Kann ich hereinkommen?«

»Klar.«

»Störe ich dich?«

»Ich kann mich ja vor dir anziehen«, sagte sie, »oder nicht?«
»Ach«, sagte ich, »du brauchst dich nicht so zu beeilen.«
Ihre Augen wurden zu Schlitzen, und sie strich eine Haarsträhne, die ihr den Blick verstellte, zurück.
»Was willst du?« fragte sie. »Es ist das erste Mal, daß du um diese Zeit hier bist.«
»Ich wollte dich sehen.«
Ich legte meinen Hut auf den Tisch und setzte mich daneben.
»Du bist nicht übel«, sagte ich.
»Du weißt, wie ich aussehe, das ist nichts Neues.«
»Es geht«, erwiderte ich.
»Du bist seltsam heute morgen, Dan.«
»Stört es dich?« fragte ich.
»Was soll mich stören?«
»Daß ich gekommen bin ...«
»Ich möchte wissen, warum du gekommen bist.«
»Stell dich nicht so dumm«, sagte ich.
Sie stand in meiner Reichweite, und ich zog sie an mich. Sie versuchte nicht einmal, ihren Bademantel zu schließen und ließ es ohne Widerstand geschehen.
»Du bist ein komischer Kerl, Dan«, sagte sie.
»Warum?«
»Bei Nick weiß man nichts über dich ...«
»Was sollte man denn wissen?«
Sie brauchte eine Weile, um zu antworten, und ich beschäftigte sie, indem ich ihren Büstenhalter aufmachte. Sie war neunzehn, nicht älter. Frischfleisch bei Nick.
»Wo kommst du her?« fragte sie.
»Von dort ...«, antwortete ich mit einer vagen Geste.
»Chicago?«
»Ja genau.«
»Das ist komisch«, murmelte sie. »Die besaufen sich alle, bevor sie uns anfassen. Man könnte meinen, sie trauen sich sonst nicht.«

»Ihr nehmt sie ganz schön aus«, sagte ich.
»Nicht, wenn sie uns gefallen«, antwortete sie herausfordernd und rückte näher an mich heran.
Ich saß immer noch auf dem Tisch, in der richtigen Höhe, um ihre Brüste zu küssen. Das dauerte gute fünf Minuten. Sie schloß die Augen und preßte ihre wohlriechende Haut an meine Lippen. Ich wollte sie gerade ausziehen, aber sie kam mir zuvor. Ich hatte ihr bereits den unter ihrem Bademantel durchschimmernden Büstenhalter ausgezogen; und ihr Hügel war enthaart, nackt und goldfarben.
»Du bist komisch …«, sagte sie noch einmal und löste sich von mir. »Du wirst doch nicht hier auf dem Tisch sitzenbleiben.«
»Wo kommst du her?« fragte ich sie nun.
»Brooklyn.«
Sie lachte, packte mich an den Handgelenken, um mich hochzuziehen.
»Das brauch ich dir nicht zu sagen, daß ich im schönsten Haus von Central Park South geboren bin.«
»Das brauchst du mir wirklich nicht zu sagen. Sag mir eher, ob du in Form bist.«
Sie streckte sich.
»Nicht schlecht.«
Ich zog meine Weste aus, und sie legte sich aufs Bett. Nun waren die Schuhe an der Reihe und der Rest. Sie hatte sich eine Zigarette angezündet und paffte gelassen vor sich hin, dabei beobachtete sie mich aus den Augenwinkeln. Ich wollte zu ihr, aber sie hielt mich auf.
»Whisky steht in der Küche.«
»Ich trinke nicht«, antwortete ich. »Jedenfalls nicht oft.«
Ich hatte den Alkoholgeschmack von vorhin noch im Mund.
»Du scheinst aber welchen zu brauchen«, meinte sie spöttisch.
Ich wußte wohl, auf was sie gerade schielte.
»Mach dir keine Sorgen, es funktioniert, wenn es sein muß.«

»Ich dachte, du hättest Sprit nötig«, sagte sie.
»Der Tank ist voll.«
»Dann komm ...«
Sie ließ ihren Arm aus dem Bett hängen und drückte die Zigarette in einem Aschenbecher auf dem Teppich aus. Ich ging zu ihr und legte mich neben sie. Eine Weile streichelte ich sie. Sie schwieg und sah mich an.
Ich begann mich zu wundern, was mit mir los war. Ich küßte ihren ganzen Körper. Normalerweise brachte mich das in Stimmung, selbst, wenn ich müde war.
Nichts.
Ich strengte mich weiter an, da ich wußte, daß sie meine Küsse erregten. Ihr nackter Bauch war warm und fest, wie eine reife Pflaume in der Sonne.
Plötzlich rückte ich von ihr ab. Sie roch ganz eindeutig nach Seife.
Zum Teufel, ebensogut konnte ich mit einer Waschmaschine schlafen!
Ich stand wieder auf. Sie stützte sich auf ihre Ellbogen. Ein kleines Lächeln gab den Blick auf ihre weißen Zähne frei, und ihre Finger mit den ochsenblutfarbenen Nägeln krallten sich in die Handflächen. Ihre Brust hob und senkte sich schnell.
Sie merkte, daß ich ging, und mit einem Ruck setzte sie sich auf.
»Dan, was ist?«
»Nichts.«
»Bleib bei mir.«
»Nein.«
»Warum? Dan, ... bitte ...«
»Du hattest recht«, sagte ich. »Ich kann nicht. Es ist nicht deine Schuld. Ich wollte nur sicher gehen und jetzt bin ich sicher, leider.«
»Dan! ... Bitte ... Du hast mich in einen solchen Zustand versetzt ...«

»Mach dir keine Sorgen«, sagte ich. »Leg dich wieder hin. Ich werde das in Ordnung bringen.«
Sie legte sich wieder hin, ich setzte mich neben sie und tat mein Bestes. Es war zwar nicht besonders erfreulich, aber es gibt Unangenehmeres ... Jedenfalls war sie sauber. Nach kurzer Zeit entspannte sich ihr Körper und gab sich hin, ihre Hände öffneten und schlossen sich noch einmal, und nun lag sie ruhig auf dem Rücken.
»Dan«, murmelte sie. »Mein Schatz.«
»Geht's?«
»Dan ... ich mag das sehr.«
»Freut mich für dich«, sagte ich.
»War es nicht zu unangenehm für dich, Dan?«
»Ach weißt du«, murmelte ich, »das oder Wetten ...«
»Du bist brutal, Dan ... aber ... machst du es wieder?«
»Ich sehe keinen Grund«, sagte ich. »Das Ergebnis ist meiner Meinung nach eher enttäuschend.«
»Aber meiner Meinung nach nicht«, konterte sie. »Du bist mir egal.«
»Genauso geht es mir mit dir«, sagte ich. »Ich bin nur zu dir gekommen, um zu sehen, ob ich noch kann. Nun ist es heraus: ich kann nicht.«
»Du widerst mich an.«
»Danke. Hast du schon einmal versucht, mit einem Mädchen zu schlafen? Ich glaube das wäre deine Richtung.«
»Ich hätte gut Lust dazu«, sagte sie. »Meinst du, es ist dasselbe?«
»Für mich sicher.«
»Reg dich nicht auf, Dan. Es gibt Medikamente.«
»Mach dich nicht lächerlich«, sagte ich. »Ist dir das klar ... in meinem Alter?«
Mir wurde bewußt, daß wir sehr viel freundschaftlicher miteinander sprachen, als ich gedacht hatte. Seltsam. Frauen mögen vielleicht die Impotenten. Ein Mann, ein echter Mann, flößt ihnen immer etwas Angst ein. Sie haben Angst,

verletzt zu werden. Ein Impotenter ist wie eine gute Freundin.
»Das passiert jedem einmal«, sagte sie. »Ich werde ja bezahlt dafür und muß es wissen.«
»Erinnere dich daran, daß neun von zehn deiner Kunden blau sind«, wandte ich ein. »Es gibt nichts Besseres als ein ordentlicher Rausch, um abzukühlen.«
»Das gibt es auch«, gab sie zu. »Aber du trinkst ja nicht. Du bist vielleicht abgestumpft. Hast du schon daran gedacht, es mit einem Mann zu versuchen?«
Sie lachte, als sie mein mürrisches Gesicht sah.
»Geh zum Teufel«, sagte ich. »Dann ist mir ein Pferd noch lieber!«
»Du würdest ihm wenigstens nicht weh tun«, unkte sie.
Auch diese Bemerkung hätte von einer Freundin kommen können. Ich antwortete nicht.
»Du kannst ja etwas anderes versuchen. Zwei Frauen, drei Frauen …«
»Ein ganzes Internat, dich inbegriffen«, sagte ich.
»Oder eine Schwarze. Es heißt, sie seien …«
»Schnauze! …«
Diesmal war ich wütend. Echt wütend. Eine Stinkwut.
Sie schaute mich verständnislos an. Glücklicherweise hielt sie nun den Mund. Ich hätte zugeschlagen.
Ich wandte mich ab und zog mich schweigend an. Ich hörte, wie sie sich leise auf ihrem Bett bewegte. Meine Wut kühlte wieder ab.
»Dan«, sagte sie flüsternd, »es tut mir leid …«
Eigentlich war dieses Mädchen nicht schlecht.
»Schon gut«, sagte ich. »Es ist nichts.«
»Mach dir nichts draus, Dan … ich … wirklich … Dan, ich danke dir.«
Lieber Himmel! Sie rührte mich fast! Diese Huren! Was geht bloß in ihnen vor. Wie kommen sie nur auf solche Sachen?
Sie stand auf und trippelte zum Sessel, wo ihr Bademantel lag.

»Möchtest du Kaffee, Dan?«
Ich knöpfte meine Hose zu.
»Gerne.«
Ich packte sie, als sie an mir vorbei wollte. Sie zuckte erschrocken zusammen, und ihre Augen sahen mich besorgt an. Ich legte meinen Arm um ihre Schultern und gab ihr einen flüchtigen Kuß.
»Danke, Schwesterchen.«
Beruhigt gab sie mir ebenfalls einen Kuß und verschwand in der Küche, wo ich sie mit dem Geschirr klappern und sie das Gas anzünden hörte. Sie trällerte einen Schlager.
Ich ließ meine Jacke liegen und machte es mir in dem Sessel bequem. Keine Kraft mehr in den Beinen. Total erledigt. Man hätte mich in einer Schubkarre wegfahren können.

10

Nach kurzer Zeit brachte sie das Frühstück auf einem Tablett herein. Während sie Teller und Tassen auf ihrem kleinen Klapptisch abstellte, fragte ich sie:
»Hat dir das wirklich genauso gut gefallen, wie die anderen Male?«
»Welche anderen Male?« protestierte sie. »Du bist ja nicht oft hier gewesen ...«
»Jedenfalls hat dich das nicht sonderlich beeindruckt«, sagte ich.
»Lieber Himmel«, antwortete sie. »Es ist ja einiges seitdem hier durchgegangen. Aber was du mir vorhin gemacht hast ...«
Sie wurde rot.
»Ich mag nicht davon reden, Dan. Ich mag eine Nutte sein und alles, aber ich mag nicht davon reden. Wenn ich es für Geld tue, ist es etwas anderes.«
»Hast du keinen Freund, der sich so um dich kümmern könnte?« fragte ich.

»Nein«, sagte sie. »Ich hatte einen Freund. Er hat mich zu diesem Job gebracht, aber es war ein mieser Typ. Er wollte nur mein Geld. Ich dachte, er liebt mich, deshalb war ich bereit, es für ihn zu tun, aber er lachte mich aus. Ich sah ihn nie wieder. Er hatte noch andere Mädchen und er ging aus New York weg, nach einer Geschichte mit den Leuten von Luciano.«

»Warum hast du weiter gemacht?« fragte ich.

»Man kann nicht ewig vor Hunger sterben, Dan. So schlecht ist die Arbeit auch wieder nicht. Warum machst du denn weiter?«

»Ich habe eine Frau und ein Kind«, sagte ich. »Und ich mag sie. Und wie du richtig bemerkt hast, die Arbeit ist nicht so schlecht.«

»Du hast Glück«, meinte sie. »Aber nein, im Grunde bin ich lieber alleine.«

»Viele deiner Freundinnen leben zusammen«, sagte ich. »Das ist sicher angenehmer.«

»Ich weiß nicht, Dan. Mir wäre lieber ...«

Sie zögerte.

»Sprich weiter«, sagte ich und schenkte mir eine Tasse Kaffee ein.

»Ich möchte einen Kerl wie dich, Dan. Einen starken und doch sanften Kerl. Und dann würdest du es mir wie vorhin machen.«

Sie setzte sich auf meine Knie und kümmerte sich nicht um die Tasse, die ich in der Hand hielt, und die gefährlich wackelte.

»Willst du nicht, Dan?«

Das war ein Ding! Ich komme her, sag diesem Mädchen, daß ich mit ihr schlafen will, kann aber nicht, besorg's ihr anders, und sie klebt an mir wie ein Heftpflaster. Die sind wirklich verrückt.

»Ich sag dir doch, ich habe Frau und Kind.«

Ich schämte mich plötzlich, als ich an Sheila dachte. Sheila, die ich in der letzten Nacht so grausam enttäuscht hatte.

Sheila. Und einen Augenblick lang sah ich mich mit dieser Nutte und Sheila mit einem anderen Mann, und mein Herz krampfte sich vor Zorn zusammen. Es ist immer dasselbe. Man ist verheiratet, schläft mit anderen Frauen, ohne Skrupel zu haben. Und die Vorstellung, die eigene Frau könnte mit einem anderen – läßt einen die ganze Welt umbringen. Nichts zu machen, das ist nicht das Gleiche. Ein Mann betrügt seine Frau niemals.

»Du bist nett«, sagte ich, »aber ich will nicht. Du verdienst etwas Besseres als einen Impotenten.«

Ich spielte mit dem einen Busen, und die rosa Spitze spannte das durchsichtige Nylon ihres Negligés. Sie machte eine hilflose Bewegung, und die Hälfte meines Kaffees landete in der Untertasse.

»Genug«, sagte ich. »Das ist Quatsch. Steh auf und zieh dich an. Wir gehen ins Kino.«

»Klasse«, rief sie. »Als ob wir verlobt wären.«

»Genauso«, stimmte ich zu.

Ich würde ihr bestimmt nicht erzählen, warum ich sie ins Kino mitnahm. Weder ihr noch jemand anderem. Nicht einmal mir selbst; ich vermied es, daran zu denken.

11

Es war bereits zwei Uhr nachmittags, als sie fertig angezogen war. Es dauert eben immer etwas länger, als man denkt. Es paßte mir jedoch ganz gut, wahrscheinlich waren mehr Leute im Kino.

Zudem hatte ich mich schon für das Kino entschieden, in das ich sie ausführen wollte. Es war ein kleines Kino neben einer Mädchenschule und immer schön voll. Natürlich bestand noch die Möglichkeit, daß ich mit meinem Vorhaben jämmerlich versagte, für diesen Fall hatte ich immer noch eine Lösung in Reserve.

Wir verließen die Wohnung, und der Lift setzte uns im Parterre ab. Ich beobachtete sie verstohlen. Trotz ihrer Jugend lag etwas in ihrem Gang und in ihrer Art sich zu kleiden – man konnte nicht umhin, zu merken, was sie war. Mir kam plötzlich ein Gedanke. Der Gedanke, daß es mir gelungen war, etwas zu verheimlichen, etwas, das man noch weniger zugeben konnte. Mir war es gelungen und mir würde es weiter gelingen.

Und mit welchem Ziel? dachte ich voller Spott. All das, meine Mühe, meine Arbeit bei Nick? Und nun bin ich impotent. Ach was ...! Ich war ziemlich ruhig. Es wird schon wieder.

Komisch, gestern mit Sheila war ich niedergeschlagen. Vorhin mit diesem Mädchen war ich wütend. Was sie sagte, war auch ungeschickt, und nun war ich so ruhig wie noch nie.

Ich wußte, was ich zu tun hatte.

Sie ging neben mir. Hübsches Mädchen. Die Beine, die Brüste, der Kopf. Wie es sein sollte.

Man muß sich seine Alibis verschaffen können.

Wir kamen zu dem Kino, und ich kaufte zwei Karten.

Ich folgte ihr entlang der vernickelten Treppe mit dem dikken Teppich, und der Strahl der Taschenlampe des Platzanweisers bohrte sich in die Dunkelheit. Er kontrollierte meine Karten.

»Leider getrennte Plätze«, sagte er. »Sie wechseln dann.«

Das waren fünfzehn für Dan.

Sie setzte sich hin, und ich setzte mich zwei Reihen hinter sie.

Zehn Minuten später stand ich leise auf und machte mich unauffällig davon; ich erreichte den Notausgang, von dort war ich sofort auf der Straße. Ein leeres Taxi fuhr vorbei. Ich verkniff mir die Handbewegung.

Nein, kein Taxi. Die Untergrundbahn.

Ich sah auf die Uhr. Noch viel Zeit.

Ich lief zur Bahn.

12

Bevor ich in die schmierige Kneipe trat, wo ich Richard am Vortag getroffen hatte, schaute ich beiläufig nach rechts und nach links. Wenig Leute. Schwarze, Mischlinge und auch Weiße. Es war das Niemandsland.
Fest entschlossen trat ich ein, schob meinen Filzhut tiefer ins Gesicht und ging geradewegs zur Treppe.
Der Mann hinter dem Tresen hob kaum die Augen, als ich vorbeikam. Die beißende Feuchtigkeit des Ganges schlug mir entgegen, und ich holte tief Atem, um mich wieder daran zu gewöhnen.
Ich sah die Türe und ging hinein, ohne anzuklopfen, ich machte sowenig Lärm wie möglich. Richard schlief ausgestreckt auf dem schmutzigen Sofa. Eine leere Flasche stand auf dem Tisch. Keine Ann, keine Sally. Ich hatte Glück. Aber ihr Geruch hing im Raum. Ich spürte, wie mein Körper sich unwillkürlich erregte, so wie er sich weder bei Sheila noch bei dieser Gans von Nick erregt hatte.
Richard. Das wird er mir büßen.
Mit einem Satz war ich auf ihm und drückte ihm die Gurgel zu.
Er hatte keine Zeit zu schreien. Ich drückte mit aller Gewalt und spürte wie der Halswirbel allmählich nachgab.
Keine Faxen, keine Spuren. Ich ließ ihn fast sofort los, und ohne ihm Zeit zu lassen, Atem zu holen, preßte ich ihm eins der zerlöcherten Sofakissen aufs Gesicht.
Und dann drückte ich drauf. Sein gichtiger Körper schlug nach allen Seiten aus, und er wäre mir beinahe entwischt. Ich legte mich halb auf ihn und versuchte, ihn in den Griff zu bekommen, indem ich seine Beine zwischen meine klemmte. Ich drückte wie ein Verzweifelter, aber sein Knie erwischte meinen Unterleib, und es schmerzte. Ich wurde schwindelig und wollte mich übergeben, aber das Kissen ließ ich nicht los, und es gelang mir, Richard auf dem vergilbten Stoff festzunageln. Seine Hände krampften sich um mein rechtes Handgelenk und versuchten das Kissen wegzuschieben, ich

hatte meinen rechten Arm jedoch unter seinen Nacken geschoben; Richard würde es nicht schaffen, diesem Griff zu entkommen.
Er wehrte sich noch gute fünf Minuten. Meine Kräfte ließen allmählich nach, und mir war, als ob meine Augen in ihren Höhlen tanzten. Ich spürte, wie mir der Schweiß aus den Poren trat und in Bächen an mir herunterlief und das Hemd auf meinen angespannten Muskeln festklebte.
Richards Hand klammerte sich weiter an meinem Handgelenk, aber seine Finger packten nicht mehr zu. Es kostete Kraft, mich loszumachen.
Jede weitere Anstrengung lohnte nicht mehr.
Ohne ihm das Kissen vom Gesicht zu nehmen, durchsuchte ich schnell seine Taschen. Ein schmutziges Notizbuch. Ein paar Groschen. Lauter Mist. Scheine vom Pferdelotto. Nur das Notizbuch. Der Rest war nicht gefährlich.
Ich mußte mich beeilen.
Ich hob das Kissen hoch. Kein schöner Anblick. Ich ging zum Tisch, nahm die Flasche vorsichtig mit dem Taschentuch und stellte sie neben ihn, nachdem ich den Rest über sein Gesicht und seine Kleider gekippt hatte.
Dieser Trick war nicht besonders verfänglich. Aber wen würde es schon interessieren, ob diesen Mischling im Keller einer miesen Pinte in Harlem tatsächlich der Schlag getroffen hatte?
Die Polypen auf keinen Fall.
Ich sah mich im Raum um. Nichts verändert. Ich strich Richards Anzug wieder glatt. Ich hatte darauf geachtet, nicht zuviel zu verändern, während ich ihn durchsuchte. Und es war gut so. Nun war er steif und kalt wie ein Betonklotz. Das ist nun mal so, wenn man in voller Aktion krepiert.
Ich ging schnell hinaus. Ich hatte den Eindruck, als öffnete sich eine Türe hinter mir. Ich drehte mich um. Nichts. Ich zuckte mit den Schultern und ging hoch. Ich durchquerte die Bar und war auf der Straße.

Wie spät war es? Eine Stunde hatte es gedauert. Gut. Ich kehrte um und stieg in die Bahn.
Ich beeilte mich, ins Kino zu kommen. Niemand bewachte den Notausgang. Ich öffnete die Tür, auf der ›Zutritt verboten‹ stand. Noch ein feuchter Gang; mir fiel der andere Gang ein.
Ich hatte keine Gewissensbisse.
Ich schaute durch die dunkle Glasscheibe der Tür, die in den Zuschauerraum führte. Niemand stand davor.
Die stieß ich ebenfalls auf. Die Stimmen der Schauspieler schlugen mir entgegen, ich zuckte zusammen.
Die Taschenlampe des Platzanweisers hatte mich erfaßt. Er kam rasch auf mich zu.
Zu dumm. Egal. Ich hatte meine Ausrede.
»Was machen Sie hier?«
Ich zeigte ihm meine Karte.
»Toilette?«
»Nicht da, Mister«, sagte er und sah sich meine abgerissene Karte an, die er mir gleich wieder zurückgab. »Dorthin.«
»Danke«, sagte ich.
Zwei Minuten später war ich wieder an meinem Platz. Er war besetzt. Aber der davor war frei. Ich setzte mich hin und klopfte meiner Begleiterin auf die Schulter.
»Hallo«, sagte ich.
Sie nahm meine Hand, als wäre ich ein Gespenst und stieß einen leisen Schrei aus.
»Dan«, flüsterte sie, »du hast mich erschreckt …«
Sie ließ mich sofort wieder los und vertiefte sich in den Film.
Umso besser.
Ich mochte es nicht, daß sie mein Handgelenk genau dort anfaßte, wo Richard sich vor einer Stunde festgekrallt hatte.
Ach, was soll's!
Besser gar nicht an diese Dinge denken.

13 Es kam so, wie ich es vorausgesehen hatte.
Am nächsten Tag stand in den Zeitungen nur eine kurze Notiz – und dann nichts mehr.

Wieder lag ich neben Sheila. Sie war gerade eingeschlafen. Und ich mußte feststellen, daß sich mein Zustand nicht gebessert hatte.

Bei Nick war auch nichts zu machen. Ich hatte es nicht einmal probiert.

Ich versuchte mich zusammenzureißen, eine Erklärung zu finden.

Aber das schien über meinen Verstand zu gehen.

Warum schaffte ich es mit diesem Mädchen nicht? Warum mit meiner Frau nicht? Der Satz vom Abend davor hallte in meinen Ohren nach.

»Oder eine Schwarze, angeblich sind sie …«

War es, weil das Zusammensein mit diesen beiden Schwarzen, ganz tief in meinem Inneren, das Gefühl, daß auch ich schwarz war, wiederbelebt hatte? Ein Gefühl, das alle Generationen mit sich herumschleppen – die Angst des Negers vor der weißen Frau …

Das nannten sie Komplexe. Das war es wahrscheinlich. Trotzdem fühlte ich mich nicht mehr oder weniger schwarz als am Tag davor. Ich fühlte mich so weiß wie immer.

Na also! Gibt es keine instinktiven Komplexe? Oder vielleicht gibt es sie doch?

Ich suchte. Ich suchte – und meine Hände glitten an meinem Körper entlang und begegneten dem Beweis für meine Impotenz.

Aber ich suchte absichtlich in der falschen Richtung. Im Grunde wußte ich, was ich wollte, schließlich gestand ich es mir ein. Ich hatte es mit Sheila versucht: erfolglos; mit einer anderen Weißen: erfolglos.

Ich brauchte eine Schwarze. Das war es. Ich mußte ins kalte Wasser springen. Ich mußte es versuchen.

Wie am Tag zuvor stand ich heimlich auf, ohne Lärm zu machen.

Es war vielleicht drei Uhr morgens. Ich würde soviel Nachtlokale finden, wie ich nur wollte.
Mischlinge würde ich auch finden.
Ich wollte eine richtig Dunkle. Eine, die schwitzt. Und ordentlich fett sollte sie sein.
Ich zog mich rasch an und schloß die Türe hinter mir. Ich wollte wieder zurück sein, bevor Sheila aufwachte.
Ich mußte drei Block weit gehen, bevor ich ein Taxi fand. Dem Taxifahrer gab ich irgendeine Adresse in Harlem an. Für einen Weißen ist es dort gar nicht so einfach, sich das, was ich suchte, zu verschaffen. Aber nicht umsonst war ich fünf Jahre lang Rausschmeißer gewesen. Ich wußte, wo ich zu suchen hatte.
Es ist nicht selten, daß Weiße auch mal die Hautfarbe wechseln wollen.

14

Das Lokal war runtergekommen. Eine armselige Bar, wie viele andere. Ich ging hinein. Drinnen war wenig los. Drei oder vier Frauen, fünf oder sechs Männer und der Barmann mit dreckiger Jacke.
Ich bestellte einen Highball. Der Barmann bediente mich. Als er sich zu mir hinbeugte, um mir das Wechselgeld zurückzugeben, flüsterte ich:
»Keine Mädchen frei?«
Er sah mich mißtrauisch an.
»Ikey der Löwe schickt mich«, sagte ich.
»Gut«, sagte er beruhigt.
Das schwarze Gesicht entspannte sich. Er bückte sich, wühlte in den Flaschen und stand wieder auf. Er schob mir eine zerknitterte Visitenkarte zu.
»Zwei Block weiter«, sagte er. »Sagen Sie, Sie kommen von Jack.«
»Danke«, sagte ich.

Ich ließ ihm ein üppiges Trinkgeld und ging. Zwei Block weiter. Fünf Minuten. Ich ging rein. Das Haus sah recht anständig aus. Die Halle war nur schwach beleuchtet, und der Hausmeister schlief hinter dem Tresen. Ich stieg die sechs Stockwerke hinauf, klingelte zweimal, wie es auf der Visitenkarte mit Bleistift geschrieben stand, die mir der Barmann gegeben hatte. Eine gut angezogene Frau mit zuviel Schmuck, ungefähr dreißig Jahre alt, öffnete mir die Türe. Ganz schön schlau, wer hätte sagen können, ob sie Mulattin oder einfach nur Mexikanerin war. Ich konnte das nicht unterscheiden.
»Kommen Sie rein«, sagte sie, als ich ihr die Karte reichte und von Jack grüßte.
Sie schloß die Tür und ließ den Vorhang fallen. Ich folgte ihr. Sie öffnete eine andere Tür und schob einen anderen Vorhang zur Seite. Der Raum, in dem ich mich jetzt befand, war nicht schlecht möbliert.
Ich setzte mich in einen Ledersessel.
»Möchten Sie eine sehr Dunkle?« fragte sie mich.
»Ziemlich dunkel«, antwortete ich.
Ihr Blick störte mich.
»Nicht zu dünn?« fügte sie hinzu.
Sie lächelte flüchtig.
»Kann man auswählen?« fragte ich.
»Natürlich«, antwortete sie. »Ich schicke Ihnen zwei.«
Sie verschwand durch eine Tür, und ich wartete. Mein Herz schlug höher.
Sie war gleich wieder da und schob ein kräftiges, tief schwarzes Mädchen vor sich her und eine junge Mestizin, die etwas heller, schmal und groß war. Die erste war vielleicht fünfundzwanzig, die zweite nicht älter als sechzehn.
»Das ist Rosie«, sagte die Alte, »und das ist Jo«, fügte sie hinzu und legte ihre rechte Hand auf die Schulter der Jüngeren.
Rosies Kleid war weit ausgeschnitten, und ihre schwarze Haut leuchtete im halbdunklen Raum. Ihr fleischiger Mund

mit den geschminkten Lippen lächelte. Die andere beobachtete mich und rührte sich nicht.
Die Puffmutter bemerkte mein Zögern.
»Sie können beide haben ...«, sagte sie.
Ich zog meine Brieftasche heraus. Sie kam zu mir. Ich bezahlte.
»Rosie, führen Sie den Herrn.«
Ich folgte ihnen in einen dritten fast leeren Raum. Außer einem Bett in einer Ecke und einem Waschbecken in einer Nische, die mit einem Vorhang getrennt war, stand nichts in dem Raum.
Ein dunkler Teppich bedeckte den Boden.
Es war sehr dunkel in dem Raum, der nur von einer kleinen rosa Lampe erleuchtet wurde.
Rosie hatte sich ausgezogen und legte sich aufs Bett. Plötzlich kam mir der Verdacht und ich sah Jo genauer an. Ich mußte lachen.
»Du kannst gehen«, sagte ich ihm. »Ich mag keine Knaben.«
Er lächelte ungeniert. Auch Rosie lachte.
»Deine Chefin hat mich übers Ohr gehauen«, sagte ich.
»Lassen Sie ihn bleiben«, sagte Rosie.
Ich zog die Jacke aus. Jo öffnete sein Kleid und ließ es fallen.
So stand er da, splitternackt und unanständig.
»Lassen Sie ihn bleiben«, wiederholte Rosie kichernd. »Sie werden es nicht bereuen.«
»Ich mag diese Tour nicht«, sagte ich.
»Haben Sie es schon probiert?« fragte Jo kalt.
Ich war sprachlos.
»Kommt gar nicht in Frage, ich versuch es nicht«, sagte ich.
»Kommen Sie«, sagte Rosie. »Kümmern Sie sich nicht darum.
Ich kann Liebe auf Französisch machen ...«
»Ich auch«, antwortete ich.
Ich zog mich nun ganz aus. Ich hatte keinen Grund mehr, mich um meine Potenz zu sorgen. Doch ich wollte wirklich nicht, daß dieser Knabe im Zimmer blieb. Oder aber ...

Ich sah jetzt, daß ich mir zu Unrecht Sorgen gemacht hatte. Im Grunde hatte ich es geahnt, daß ich eine Schwarze brauchte, um wieder ein Mann zu werden. Gut. Aber ich wollte nun ehrlich mit mir sein.
Ich wußte, was herauskommen würde, wenn ich nicht mit Rosie schlief.
Wenn ich mich damit begnügte, ihr zuzusehen, vielmehr beiden zuzusehen, wäre ich zweifellos in der Lage, mich mit Sheila zu arrangieren. Und Sheila war für mich unentbehrlich. Jede Ausrede war überflüssig. Rosie wartete schon auf mich. Ich ging zum Bett und setzte mich auf die Kante.
»Komm«, sagte ich zu Jo.
Er kam schnell herüber. Ich sah Rosie an. Sie wartete ungeduldig.
»Los, Jo«, sagte ich. »Ich schaue euch zu.«
»Sie auch«, sagte Rosie erregt.
»Ich sehe euch zu«, wiederholte ich.
Ohne sich zu genieren, ging der Junge auf das Mädchen zu, deren gespreizte Schenkel sich darboten. Behutsam und doch bestimmt fickte er sie vor meinen Augen. Er schien einen unerbittlichen Ritus zu vollziehen. Rosies Beine streckten sich. Ich war mehr oder weniger gebannt. Ich spürte den Geruch der Frau und ich verfolgte mit den Augen das Muskelspiel des Knaben. Nach einer Weile wies Rosie den Jungen zurück. Er blieb neben ihr liegen. Er sah mich an.
»Komm«, sagte Rosie. »Alle zusammen.«
»Nein«, sagte ich.
Sie streichelte Jo, ohne die geringste Scham.
»Warum nicht«, fragte sie. »Ich bin nicht krank, und Jo auch nicht.«
»Das ist es nicht«, sagte ich. »Ich wollte etwas nachprüfen, das habe ich getan. Das reicht.«
Mit einem Satz kniete sie über mir und wollte mich nehmen. Ihren heißen gierigen Mund spürte ich wie ein Blitz, doch ich

packte ihr Kraushaar und riß mich los. Ich stand auf, ich hatte Mühe zu widerstehen. Ich begehrte dieses Mädchen so sehr, daß mein ganzer Körper schmerzte. Und Rosie brauchte mich offensichtlich genauso, wie ich sie.
Sie schmiß sich auf Jo, und ich hörte nur noch ihren schnellen Atem und das schmatzende Geräusch ihrer umschlungenen Körper.
Ich trat in die Nische, wo das Waschbecken stand. Ich beugte mich darüber und drehte den Wasserhahn über meinem Kopf auf. So blieb ich einige Minuten unter dem Wasserstrahl, keuchend und verzweifelt. Etwas ruhiger ging ich in den Raum zurück und zog mich langsam an.
Jo und Rosie beachteten mich nicht mehr. Ich öffnete die Tür und ging hinaus.
Auf der Straße atmete ich wieder. Ich sah auf die Uhr. Es war kurz nach fünf Uhr morgens.
Ich kehrte nach Hause zurück.

15

Sheila lag noch genauso da. Sie hatte sich in meiner Abwesenheit nicht gerührt.
Ich schlich mich an sie heran und nahm sie, bevor sie Zeit hatte aufzuwachen. Sie öffnete nicht einmal die Augen. Sie schlang ihre Hände um meinen Nacken und gab sich meinen Zärtlichkeiten hin, sie erwartete sie mit Ungeduld.
Dann machte sie sich von mir los, beruhigt und entspannt, mit einem Lächeln um den Mund. Ich schmiegte mich an sie und genierte mich, denn ich hätte es nicht wieder tun können.
»Dan …«, flüsterte sie verschlafen.
»Ja«, antwortete ich. »Verzeih mir wegen gestern und heute abend.«
»Dan, dachtest du wirklich an deine Schwierigkeiten?«
»Ich schwöre es dir«, sagte ich. »Ich glaube, ich habe eine Lösung.«

»Merkwürdig...«, murmelte sie. »Merkwürdig, daß es dir in dieser Hinsicht etwas ausmacht.«
In der Tat, es war merkwürdig... Ich hätte es selbst nicht für möglich gehalten.
»Ich habe mich etwas übernommen«, sagte ich. »Das ist jetzt vorbei.«
Ich dachte wieder an Rosie und Jo, dort auf dem großen Bett und hatte wieder etwas Kraft. Aber Sheila war schon fast wieder eingeschlafen.
»Nein... Dan... bitte... Ich kann nicht mehr.«
»Warum?« wunderte ich mich. »Schon nach so wenig?«
Sie vergrub ihr Gesicht in ihren Armen.
»Dan ... wirst du mir verzeihen?«
»Was?« fragte ich.
»Ich bin so müde... Dan. Ich... Ich weiß nicht, wie ich es dir sagen soll...«
»Hast du einen anderen Mann?« fragte ich kurz und schroff.
Nun waren ihre Augen endgültig offen.
»Das denkst du doch nicht im Ernst, Dan? Oh nein, das ist es nicht. Ich ... Ich wage es dir aber trotzdem nicht zu sagen, Dan.«
»Ich kann mir aber nicht vorstellen, was es sein könnte, wenn nicht ein anderer Mann«, erwiderte ich.
»Es ist kein anderer Mann. Da... es war... oh... Dan, es war ich ... ich allein ...«
Ich lachte irritiert.
»Wenn das alles ist...«, sagte ich.
»Bist du mir böse, Dan?«
»Aber nein«, versicherte ich. »Es war ja schließlich meine Schuld.«
»Du bist doch böse. Das verzeihst du mir nicht...«
Sie versteckte ihren Kopf in meine Achsel.
»Oh, Dan, du darfst mich nicht so lassen. Ich brauche dich, Dan. Ich brauche das.«

»Du scheinst es doch nicht so zu brauchen«, meinte ich etwas verärgert.
»Doch, Dan. Ganz alleine, weißt du, macht es gar keinen Spaß. Es macht müde und ist nicht angenehm. Dan, ich glaube, wenn du mich eine Woche so lassen würdest, müßte ich ein Beruhigungsmittel nehmen oder mit einem anderen schlafen.«
»Das ist ja reizend«, meinte ich.
Ich fing an zu lachen. Wirklich, eine schöne Bescherung. Ich hatte Richard getötet, dieses Abends wegen. Fast wäre ich krank geworden, fast hätte ich New York verlassen müssen, und Sheila würde mich auch verlassen. Fast wird man erwischt – wahrscheinlich wird man aber nicht erwischt – und dann noch der Typ, der mich zu Richard gebracht hatte. Und Ann und Sally. Und der Besitzer des Lokals …
Merkwürdig, die Mentalität eines Mörders, dachte ich plötzlich. Man stellt sich vor, daß die Gewissensbisse einen verfolgen, daß man von schrecklichen Visionen geplagt wird. Von wegen. Man muß sich alle Mühe geben, an die Konsequenzen für das, was man getan hat, zu denken.
Mich ließ das wirklich alles kalt, jetzt. Das einzige, was zählte, war das, was mir Sheila eben gesagt hatte.
Sobald ich zwei Tage ausfalle, schon … Aber was veranlaßte mich noch, bei ihr zu bleiben? Warum konnte ich nicht von ihr weg? Warum fühlte ich mich dann so leer? Dieses Bedürfnis, sie wiederzufinden, zu wissen, daß sie mir gehört. – Selbst, wenn ich nicht bei ihr war, zu wissen, daß ich sie sehen konnte, wann ich wollte.
War das Liebe?
Nicht gerade komisch.
Aber was will man machen!
Soweit also war es mit mir gekommen! Eine Frau, die mich körperlich nicht erregte … Das wurde mir, weiß Gott, klar, daß ich mir darüber keine Illusionen machen durfte. Eine Frau, die einen Mann so nötig brauchte, daß sie mich nach

zwei Tagen ersetzen würde, wenn ich so unvorsichtig wäre, auszufallen.
Und ich begriff, daß es das war. Deswegen litt ich.
Ich stellte mir Sheila mit einem anderen vor. Oder alleine. Gut. Umso schlimmer.
Es gibt ja noch Schwarze. Doch es gibt keinen Richard mehr.
Der Herr hat es erlaubt, daß ich dich, Richard, los bin. Ich behalte Sheila, um dich zu ärgern.
Gute Nacht, Dan.

16

Ich verließ Nicks Laden, um schnell eine Besorgung zu machen. Zeitungsjungen verkauften eine Extraausgabe.
Ich las die Überschriften auf der ersten Seite, ohne sie zu begreifen: »Ein Neger überschreitet die Linie, um seinen Bruder zu töten – Die Geliebte des Opfers klagt an – Die Polizei sucht Dan.«

17

Ann schlug die Tür der Telefonzelle hinter sich zu und war wieder auf der Straße. Sie spürte, wie ihre Beine wegsackten, und sie mußte das Zittern ihrer Hände verbergen, wollte sie die Aufmerksamkeit nicht auf sich lenken.
Sie hastete die Straße hinunter und bog nach links in eine andere Straße ab. Noch einen Block, dann sah sie das Café, wo sie sich mit Sheila verabredet hatte.
Sie trat ein und setzte sich. Es war ein Lokal, wo sie nicht besonders auffiel.
Sie hörte wie die Zeitungsverkäufer die Extraausgabe ausriefen. Die Journalisten hatten keine Zeit verloren. Die Polizei auch nicht.

Die Tür ging auf, und eine blonde, hübsche Frau kam herein. Sie trug den blauen Filzhut, den sie am Telefon erwähnt hatte. Sie schaute sich rasch um und ging zu Ann.
»Sind Sie Frau Parker?« fragte Ann.
»Ja«, antwortete Sheila.
»Ich muß Ihnen Verschiedenes mitteilen. Können wir hierbleiben?«
»Warum nicht«, antwortete Sheila schroff.
»Es ist schwierig, Ihnen das zu sagen.«
Sheila sah sie nur an und griff nach ihrer Tasche. Das Gesicht der jungen Mulattin wurde eine Schattierung dunkler.
»Ich will kein Geld. Es ist nur wegen Richard.«
»Richard, ach ja. Diese dumme Geschichte. Dans angeblicher Bruder.«
»Es ist keine Lappalie«, sagte Ann. »Ziehen Sie aus, bevor es zu spät ist und lassen Sie sich nicht blicken. Dan wird auch Sie töten.«
»Das ist doch Unsinn«, murmelte Sheila.
»Ich sah, wie Dan seinen Bruder getötet hat«, sagte Ann. »Dan hat schwarzes Blut. Er ist ein Schwarzer. Er hatte Angst, daß Richard Ihnen das sagen würde. Er hängt sehr an Ihnen. Er hat Richard umgebracht, um keine Angst mehr zu haben. Aber ich sah ihn aus dem Zimmer gehen. Richard war mein Mann.«
Ihre Stimme klang abgehackt und tonlos, und Sheilas Augen waren vor Entsetzen geweitet; sie konnte es nicht glauben.
»Das ist doch absurd«, sagte sie. »Es muß jemand anderes sein. Dan ist nicht schwarz.«
»Doch«, sagte Ann. »Er hat schwarzes Blut, er ist mindestens ein Viertelschwarzer.«
»Das ist Unsinn«, wiederholte Sheila. »Das würde man doch sehen.«
»Sie wissen sehr gut, daß man es nicht sehen kann«, sagte Ann.
»Aber Dan kann keinen Menschen getötet haben und noch weniger seinen Bruder…«, beharrte Sheila.
»Sein Beruf ist es, die Leute zusammenzuschlagen«, sagte Ann bitter. »Das hat ihm sicher nichts ausgemacht. Und mein Mann ist tot. Ich werde ihn rächen.«

Sie stand auf. Sie war aufs äußerste erregt.
»Sie erzählen mir doch nur Geschichten«, sagte Sheila. »Das stimmt doch alles nicht.«
»Kaufen Sie doch eine Zeitung«, sagte Ann, »da steht es drin. Die Polizei hat es schon überprüft.«
»Ist Dan schon verhaftet?« fragte Sheila plötzlich bleich.
»Wahrscheinlich sind sie gerade dabei.«
»Warum haben sie ihn nicht verhaftet, bevor sie es in die Zeitungen gebracht haben?«
»Der Besitzer des Lokals, wo er arbeitet, muß die Bullen geschmiert haben«, sagte Ann. »Sie mögen solche Skandale nicht. Sie müssen warten, bis er herauskommt.«

18

Hastig gab Dan dem Zeitungsverkäufer fünf Cent und riß ihm die Zeitung aus der Hand. Da stand es: ein Foto von Ann und die Geschichte. Kein Foto von ihm. Zum Glück.
Er schaute nach rechts, nach links. Gleichgültige Passanten. Ein Taxi fuhr langsam vorbei. Er ließ es bis auf seine Höhe heranfahren, winkte dann und in Sekunden war er darin verschwunden. Durch die Rückscheibe sah er zwei Männer, die auf die Straße traten und in seine Richtung blickten. Er trieb den Taxifahrer an.
»Schneller.«
»Wohin?« fragte der Taxifahrer.
»Bieg hier ab.«
Der Mann gehorchte, und der Motor heulte auf.
»Die nächste rechts«, befahl Dan.
Er wühlte in seiner Tasche und zog zwei Eindollar-Scheine heraus.
»Weiter noch. Bei der Kurve fährst du langsamer.«
Der Mann gehorchte. Dan öffnete den Wagenschlag.
»Fahr geradeaus weiter und schnell.«
Er sprang auf den Gehsteig, überquerte die Straße und verschwand in der U-Bahnhaltestelle gegenüber.
Ein Polizeiauto kam mit quietschenden Bremsen um die Ecke.

Dan zuckte mit den Schultern. Ohne sich zu beeilen, kam er wieder heraus und ging in die entgegengesetzte Richtung weiter.
Die Kunst war es, sich nicht zu gut zu verstecken.
Und man durfte sich von Sheila nicht zu weit entfernen.
Im Gehen dachte er nach.
Das Mädchen, bei dem er gestern war. Sie hatte ihm Kaffee gekocht, sie hatte seine Anwesenheit hingenommen, ohne zu fragen, sie würde ihn nicht fallen lassen.
Gewöhnlich kam sie gegen zehn Uhr abends zu Nick.
Er änderte die Richtung. Das Einfachste war, sofort dorthin zu gehen. Vielleicht war sie da.
Er ging schnell, an gleichgültigen Gesichtern vorbei. In der Menge verloren, versuchte er seine Gedanken auf das Hauptproblem zu konzentrieren.
Den Bullen entkommen.
Und der beste Weg, ihnen zu entkommen, war zweifellos, sich nicht um sie zu kümmern, so zu tun, als gäbe es sie nicht.

19

Muriel zog ihre Handschuhe im Eingang aus. Sie fuhr zusammen, als sie das kurze Klingeln hörte. Sie drehte sich auf ihren Absätzen um und ging zurück zur Tür. Sie löste die Sicherheitskette und drehte den Knopf herum.
Dan zwängte sich herein und machte die lackierte Tür wieder zu.
»Guten Tag«, sagte er. »Du bist aber lange weggewesen.«
»Hast du auf mich gewartet?« fragte sie erstaunt.
»Ich bin seit halbsechs unten«, murmelte Dan.
»Sag mal, glaubst du, daß ich meine Tage mit Nichtstun zu Hause verbringe?«
Sie war wütend.
»Ich muß bei dir bleiben«, sagte Dan ungerührt.
»Aber du bist verrückt, Dan... Es... Zu mir kommen ein Haufen Leute. Ich kann dich nicht hier behalten.«
»Gestern hättest du mich hier behalten.«

Sie antwortete grob:
»Für das, was du davon gehabt hast…«
»Dafür hast du umsomehr davon gehabt«, sagte er und packte sie am Arm.
Sie wurde blaß.
»Drück mich nicht, du brutales Ekel! Bist du dir im Klaren…«
Sie wand sich wie eine Schlange und es gelang ihr, sich aus dem Griff zu befreien. Tränen standen in ihren Augen.
»Oh, Dan… Du weißt gar nicht, wieviel Kraft du hast…«
Er ließ die Arme fallen und senkte den Kopf.
»Hör zu, Muriel. Die Polizei sucht mich.«
»Was hast du getan?«
»Einen Kerl umgebracht. Meinen Bruder. Lies die Zeitung.«
Muriel fiel die Kinnlade runter.
»Das warst du?«
Er senkte schweigend den Kopf.
»Hör zu, Muriel«, fuhr er gleich fort, »das ist nicht wichtig. Ich muß bei dir bleiben. Ich kann aus dieser Gegend nicht weg.«
»Warum?«
»Wegen meiner Frau. Ich muß hierbleiben.«
Sie zuckte mit den Schultern.
»Du ziehst mir hier die Bullen auf den Hals. Hör zu, Dan, du bist ja ganz nett, aber du wirst von hier verschwinden und du sagst mir, wenn ich dich…«
Sie unterbrach sich, um dann weiterzusprechen:
»Verschwinde. Komm. Mach schon. Ich will keine Bullen hier. Ich weiß, wie es im Knast ist.«
Er sah sie verständnislos an.
»Muriel, ich muß bleiben… Meine Frau wird gehen…«
»Laß deine Frau in Ruhe. Hast du ihr schon gesagt, daß du schwarz bist?«
Dan versteinerte. Er atmete nur noch mit Mühe.
»Sag das nicht noch einmal. Ich rate es dir nicht…«
Muriel wich zurück. Dan rührte sich nicht, er war angespannt. Mit einem Satz war sie an der Zimmertür und schlug sie zu. Er

sprang hinterher, aber der Schlüssel drehte sich schon im Schloß. Die Tür krachte. Er hörte, wie das Mädchen Möbel rückte. Etwas schlug gegen die Tür, dann ein Knall, und im Furnier erschien ein winziges Loch, von dem sich ein Holzsplitter löste.

Dan hörte auf. Er sah sich das kaputte Holz an. Muriels Stimme war von der anderen Seite zu hören.

»Verschwinde. Verschwinde, oder ich rufe die Polizei.«

Er hörte, wie sie den Hörer abnahm.

Langsam wich er zurück, ohne sich umzudrehen. Seine Hände bekamen den Türknopf zu fassen, und schon war er im Treppenhaus. Seine Lippen bewegten sich, und er murmelte wirre, undeutliche Worte.

»Sheila ...«, sagte er endlich.

Fast hätte er den Fahrstuhl gerufen; er besann sich jedoch und ging die Treppe zu Fuß hinunter. Weiterhin sprach er mit sich selbst.

»Ich muß sie sehen. Ich muß es wissen.«

Er ging die Treppe hinunter. Je näher er an die Straße kam, desto entschiedener und sicherer wurde sein Schritt. Mit einem raschen Blick stellte er fest, daß niemand auf ihn wartete, und unbemerkt schlüpfte er hinaus.

Nach ein paar Schritten wühlte er in seinen Taschen und zählte das Geld. Er hatte noch ungefähr zweiunddreißig Dollar. Besser als gar nichts.

Fest entschlossen kehrte er um und ging wieder in das Haus, das er gerade verlassen hatte. Das Treppengeländer bog sich unter dem Druck seiner verkrampften Finger. Die Tür stand noch offen. Muriel hatte sich nicht hinausgewagt.

Er ging lautlos hinein und schlug die Wohnungstür zu. Er schlich sich an die Zimmertür und hielt den Atem an.

Er wartete.

20 *Sheila lief wie eine Schlafwandlerin herum. Sie sah einen Zeitungsverkäufer und merkte, als sie in ihrer Tasche nach einem Fünfcentstück suchte, daß sie sie nicht zugemacht hatte.*
Sie sah mit Entsetzen auf das Blatt, das von der frischen Druckerschwärze noch klebte. Da war das Foto des Mädchens, das sie gerade getroffen hatte, und hier stand der Bericht über den Mord in allen Einzelheiten, die Reporter nur ausgraben können, wenn sie sich mal Mühe geben.
Sie beschloß, nicht nach Hause zu gehen. Man wartete bestimmt schon auf sie.
Sie drehte sich um. Der Typ, der im Gehen die Zeitung las, blieb stehen.
Sie trat auf ihn zu.
»Sind Sie von der Polizei?« fragte sie.
Der Mann sagte nicht nein. Er lächelte, fuhr mit seiner Hand in die Tasche und zeigte ihr die Marke.
»Leutnant Cooper«, stellte er sich vor. »Ich habe mir keine Mühe gegeben«, sagte er, als wollte er sich entschuldigen.
Es schien ihn zu verwirren, daß man ihn so schnell erkannt hat. Er war jung, nicht unsympathisch.
»Sie machten nicht den Eindruck, als wollten Sie weglaufen«, fuhr er fort. »Es ist die übliche Routine. Wir haben die Negerin verfolgt.«
»Ist Polizei bei mir?« fragte Sheila. »Hören Sie, sagen Sie nicht nein. Das will ich nicht. Ich will nicht nach Hause. Ich habe auch nicht die Absicht, abzuhauen und ich ...«
Sie zögerte.
»... und es ist mir egal, was mit Dan passiert«, sagte sie entschlossen. »Kann ich zu Hause anrufen? Kann ich?«
Er lächelte sie an. Sie war hübsch, aber ziemlich ordinär. Die Hüften zu breit, und blond natürlich.
»Selbstverständlich«, sagte der Mann. »Ich begleite Sie.«
Es wird nicht schwierig sein, ihn herumzukriegen.
Er begleitete sie bis zur nächsten Telefonzelle und blieb draußen stehen, weit genug, um nicht zu hören, was sie sagte. Sie lächelte, zuckte mit den Schultern und öffnete die Tür einen Spalt.

»Kommen Sie schon, ich habe nichts zu verbergen. Verstanden? Wenn jemand in dieser Geschichte beschissen worden ist, dann bestimmt nicht Sie, sondern ich.«
Er blieb verlegen neben der Tür stehen.
»Ich sage dem Babysitter nur, daß er das Kind zu meiner Mutter bringen soll«, sagte sie. »Ich gehe dann mit Ihnen zur Polizei, das ist es doch, oder? Und ich möchte einen Anwalt. Ich bin nicht erpicht, mit einem Kriminellen verheiratet zu sein.«
Cooper nickte.
»Lassen Sie mich telefonieren«, sagte er. »Die sind bei Ihnen. Sonst lassen sie den Babysitter nicht heraus. Ich sage ihnen auch, daß sie nichts zerstören und nichts mitnehmen sollen«, fügte er hinzu. »Das wird sicherer sein.«
Sie überließ ihm den Hörer und gab ihm die Nummer.
»Ich danke Ihnen«, sagte sie und bemühte sich dabei, betont höflich zu sein.
Er wurde rot, weil sie ihm voll in die Augen sah. Sie war gut angezogen und nicht wie diese Huren, die er sonst immer einsammelte. Und ihr Mann, ein Mörder, war ein Schwarzer. Komische Frau. War es ihretwegen? Er bekam eine Verbindung und hatte in wenigen Worten die Sache geregelt.
»Hat...«, fragte er schüchtern.
»Hat was?«
»Hat Ihr Mann eine kriminelle Vergangenheit? Wissen Sie, ob er etwas Illegales getan hat, bevor er seinen Bruder umbrachte?«
»Nein«, sagte Sheila. »Warum?«
»Er kann sich wahrscheinlich mit einem guten Anwalt aus der Affäre ziehen. Es gibt ja nur die Aussage der Frau und des Barmanns. An sich würde das ausreichen, um ihn auf den Stuhl zu bringen... aber wenn das Opfer versucht hat, ihn zu erpressen... Wissen Sie, da ist etwas, was uns stört, Ihr Mann sieht nämlich ganz wie ein Weißer aus.«
»Na und?« fragte Sheila.
»In diesem Fall ist das ziemlich unangenehm«, sagte Cooper. »Und man weiß ja nie, was ein guter Anwalt finden kann, was weiß ich,

daß seine Mutter seinen Vater betrogen hat, und daß er wirklich weiß ist. Die Leute glauben immer, daß die Schwarzen die Linie überschreiten müssen. Man muß sie beruhigen. Na ja, hier in New York ist die Diskriminierung nicht so schlimm, aber im Süden würde es einen unangenehmen Aufstand geben.«

»Ich verstehe«, sagte Sheila.

»Also, wenn Sie etwas wissen, wodurch man ihn verurteilen kann, etwas anderes als ...«

»Sind Sie sich im klaren, was Sie von mir verlangen?« sagte Sheila.

»Vorhin sagten Sie, es sei Ihnen egal, was mit ihm passiert«, entgegnete Cooper.

»Natürlich«, murmelte Sheila, »aber immerhin habe ich fünf Jahre mit ihm gelebt. Wir haben ein Kind.«

Plötzlich wurde ihr bewußt, was gespielt wurde und sie schaute Cooper erschrocken an.

»Sagen Sie ...«, fragte sie. »Wird man ihn verhaften, verurteilen und umbringen?«

»Ich weiß es nicht«, antwortete Cooper verlegen.

»Oh Gott!« sagte Sheila. »Oh allmächtiger Gott!«

21

Muriel lauschte ängstlich. Sie hatte die Polizei nicht angerufen, sondern nur den Hörer abgehoben und wieder hingelegt. Voller Sorge schaute sie sich den kleinen Revolver an, den sie gerade benützt hatte. Selbst damit fühlte sie sich nicht sicher. Sie hörte, wie die Tür mit einem lauten Knall zuschlug und dann nichts mehr. Dan mußte wohl abgehauen sein. Er hatte hier nichts mehr zu suchen. Seltsam der Gedanke, sich von ihm streicheln zu lassen, während er den Mord an seinem Bruder plante. Sie schob die Erinnerung an das, was er gestern mit ihr getan hatte, beiseite. Sie konnte nicht sagen, ob es angenehm oder unangenehm gewesen war.

Dan mußte weg sein. Sie hätte gern nachgesehen.

Sie nahm den Hörer auf, hängte ihn leise wieder ein und wählte die

Nummer der Polizei. Dann sprach sie so, als würde ihr jemand antworten. Sie gab die Adresse und Einzelheiten durch. Sie sagte danke und hantierte wieder mit dem Telefon.
Die Tür krachte und sprang auf. Der Tisch und die zwei Stühle, die sie davor gestellt hatte, brachen zusammen, es war lächerlich. Muriel hatte keine Zeit mehr, den Revolver auf Dan zu richten. Schon hatte er sie mit seinem Gewicht niedergedrückt und hielt ihr den Mund mit seiner harten, kalten Hand zu. Sie schloß die Augen und leistete keinen Widerstand.
»Sei still«, flüsterte er tonlos. »Sei still oder ich erwürge dich. Ich werde die Hand von deinem Mund nehmen und bei der geringsten Bewegung erwürge ich dich. Das wird nicht lange dauern, das schwöre ich dir.«
Sie spürte, wie sich die Umklammerung allmählich lockerte. Lippen und Zähne schmerzten, und die andere Hand muß wohl einen blauen Strich auf ihrem Hals hinterlassen haben. Sie hatte nicht mehr soviel Angst. Vielleicht wollte er sie umbringen.
»Wo ist dein Geld?« flüsterte er.
»Ich habe keins da ...«, sagte Muriel vorsichtig. »Fast nichts ...«, fügte sie rasch hinzu, als sie den veränderten Gesichtsausdruck des Mannes bemerkte.
»Wo ist das Geld?« wiederholte er.
»Ich habe nur fünfzig Dollar«, sagte sie.
»Das sind doch Märchen«, erwiderte Dan.
Seine Stimme war immer noch tonlos und unpersönlich.
»Ich schwöre dir, Dan ...«
»Wo ist deine Tasche?«
»Es ist nicht in meiner Tasche, Dan. Ich habe nur zehn oder zwölf Dollar in meiner Tasche.«
Sie weinte.
»Dan, ich habe fast kein Geld. Was kann ich bloß tun?«
»Gib mir das Geld, beeil dich.«
Sie stand auf, schwankte und machte eine Bewegung, um den Revolver zu erwischen. Dans Hand ballte sich zu einer Faust und landete auf ihrem rechten Busen. Fast hätte sie geschrien, aber er war schon

über ihr, und seine Hand drückte ihr die Lippen zusammen. Er lokkerte wieder den Griff. Sie spürte das Blut in ihrem Mund. Tränen standen in ihren stark geschminkten Augen.

»Beeil dich«, wiederholte Dan.

Sie rührte sich nicht. Irgendetwas hinderte sie daran, zu gehorchen. Etwas, das ihre Muskeln lähmte und sie weich und kraftlos machte, sie konnte nicht reagieren, sich nicht wehren.

Mit einem Ruck riß Dan das Oberteil von ihrem Kleid herunter und begann, sie auszuziehen. Sie versuchte, seine Hände daran zu hindern.

»Weißt du, wie eine brennende Zigarette guttut?« fragte er.

»Dan, ich flehe dich an!...«

Er ließ sie los.

»Gib mir dieses Geld. Ich sage es noch einmal, es ist das letzte Mal.«

Geschlagen ging sie zur Kommode und zog die erste Schublade heraus. Dan folgte ihr mit den Augen. Sie schob Dinge aus feiner Seide weg und hielt Dan ein Bündel Scheine hin. Er steckte es wortlos ein.

»Du hast die Polizei nicht angerufen«, sagte er plötzlich. »Sonst wäre sie schon da.«

»Nein.«

»Ich wußte es«, sagte er. »Ich habe gelauscht, und du bist keine gute Schauspielerin.«

Sie fing wieder an zu weinen.

»Dan... Ich... Gestern war es soviel schöner. Mir tut alles weh. Du hast mir weh getan. Ich werde bestimmt krank werden...«

»Wieviel ist das«, fragte Dan, ohne sich zu rühren.

»Zweihundert Dollar. Das ist alles, was ich habe. Bestimmt, Dan!«

Sie hielt sich den Busen und schluchzte.

»Laß mich, Dan. Geh weg! Ich kann nichts mehr für dich tun. Du hast mein ganzes Geld.«

»Gestern hättest du lieber«, sagte Dan.

Sie nickte mit dem Kopf.

»Ich auch«, sagte er. »Wenn ich dich gestern gefragt hätte, ob ich bei dir bleiben kann, hättest du zugestimmt.«

»Wenn ich ehrlich wäre«, sagte er, »würde ich heute dasselbe tun wie gestern. Ich würde dir für deine zweihundert Dollar was bieten. Aber ich habe keine Lust. Gestern wollte ich mir über etwas klar werden. Nichts anderes. Gestern hat es mir nichts eingebracht.«

»Sei still, Dan. Du bist ein brutales Schwein.«

Er schüttelte den Kopf. Er schien leicht erstaunt.

»Das sagt ihr alle. Du, die Gäste von Nick, die Zeitungen. Ich arbeite für mein Geld. Es ist nicht meine Schuld, wenn mein Bruder es nicht getan hat. Und es ist nicht meine Schuld, wenn du es nicht getan hast. Gestern hättest du Geld nehmen sollen. Du hättest mich nicht glauben lassen dürfen, daß ich dich um etwas bitten kann. Ich brauche dieses Geld. Hätte ich bei dir bleiben können, um zu erfahren, was Sheila treibt... Du hast es nicht gewollt. Ich war also gezwungen, das zu tun, was ich getan habe. Und ich würde dasselbe wieder tun, wenn dasselbe zweimal passieren würde.«

Muriel sah ihn an, erschrocken über den monotonen Klang seiner tiefen Stimme.

»Sie werden mich fragen, wie es kommt, daß ich weiß bin«, fuhr er fort. »Sie werden mich ausfragen, mich zusammenschlagen, mich vernichten. Und was wird Sheila in der Zeit treiben? Du verstehst doch, daß ich sie nicht ohne Aufsicht lassen kann...«

Er blickte auf.

»Du darfst die Polizei nicht anrufen, wenn ich gehe. Du wirst mindestens zwei Stunden warten.«

Sie versuchte, seinem Blick standzuhalten, doch sie mußte wegsehen.

Muriel keuchte. Er hob die Hand, um sie zu schlagen, und sie stieß einen schrillen Schrei aus. Die knochige Faust von Dan erwischte sie am Kinn, und sie wurde in die Luft geschleudert. Ihr Körper fiel mit einem leisen Klagen aufs Bett.

Dan besah seine Faust. Ein Gelenk schwoll rasch an. Erstaunt schaute er auf Muriel herunter. Sie rührte sich nicht mehr, und ihr Hals bildete einen so unnatürlichen Winkel, daß man hoffte, sie würde sich endlich bewegen.

Er horchte. Nichts. Muriels Schrei hatte keine Aufmerksamkeit erregt.
Er beugte sich über sie und legte seine schwere Hand auf den dünnen glänzenden Stoff ihres Büstenhalters. Sie war tot.
»Das wollte ich nicht...« flüsterte Dan. »Ich wollte nur, daß du still bist, während ich gehe.«
Er schaute den leblosen Körper an. Sie war sehr schön gewesen. Sehr schön für eine Nutte.
Er wandte sich ab und steuerte auf die Handtasche auf der Kommode zu. Zwölf Dollar und etwas Kleingeld. Er nahm es, ging und machte beide Türen sorgfältig hinter sich zu. Er drehte den Schlüssel im Schloß herum und steckte ihn ein.

22

»Es steht nicht sehr gut für ihn«, sagte Cooper. »Das sind die letzten Informationen, die wir haben. Er hat eine Frau umgebracht, eine dieser Prostituierten, die in dem Lokal verkehrten, in dem er arbeitete. Er hat ihr Geld eingesteckt, wahrscheinlich hat er sie vergewaltigt und dann umgebracht, dafür sprechen die Körperstellung und andere Spuren, die man an der Leiche entdeckt hat. Die Ärzte müssen ihr Gutachten noch abgeben. Anschließend hat er ein Taxi nach Brooklyn genommen, und seitdem keine Spur. Seit drei Tagen fahnden wir nach ihm und wir wissen nicht, wo er ist.«
»Ich kann nicht ewig im Hotel bleiben«, sagte Sheila. »Und mir ist der Gedanke nach Hause zu gehen unerträglich, nachdem, was vorgefallen ist. Trinken Sie noch einen Whisky?«
Er schenkte sich ein, und Sheila zündete sich eine Zigarette an.
»Ich will leben«, sagte sie. »Ich hatte Dan sehr gerne. Aber das ist nicht mehr der Dan, den ich liebte. Ich frage mich, wie er es fertiggebracht hat, diese schrecklichen Sachen zu tun.«
»Er hat schwarzes Blut«, entgegnete Cooper. »Das erklärt manches.«
»Ich kann es immer noch nicht glauben«, sagte Sheila. »Am Anfang, als ich es erfuhr, war ich so schockiert, daß ich es glaubte,

und meine Wut hat mir dabei geholfen. Aber jetzt, wenn ich es mir überlege, kann ich es nicht glauben.«
»Immerhin«, sagte Cooper, »es steht in seinen Akten, und die sind nicht zu widerlegen.«
»Ich bin völlig ratlos«, sagte Sheila. »Ich weiß nicht, was ich tun soll, wem ich mich anvertrauen soll. Und trotz allem denke ich noch an Dan, wie er war, bevor das alles passierte.«
Cooper machte eine wegwerfende Bewegung.
»Lassen Sie das. Beginnen Sie ein neues Kapitel. Das ist Vergangenheit. Sie können sich nicht daran klammern.«
»Das weiß ich«, entgegnete Sheila. »Verstehen Sie, es ist so, als handelten wir zu zweit.«
Sie hielt einen Augenblick inne.
»Es ist mir sehr peinlich«, schloß sie. »Moralisch und physisch.«
»Die Zeit wird die Wunden heilen«, sagte Cooper.
»Ich weiß nicht«, meinte Sheila. »Hoffentlich.«
Er stand auf.
»Es war grauenhaft gestern«, sagte sie. »Ich wollte, die Sache wäre vorbei. Müssen wirklich Journalisten dabei sein?«
»Das ist unvermeidlich«, sagte Cooper.
Es gab ein langes Schweigen, als zögerte er, etwas hinzuzufügen.
»Darf ich Sie einmal ausführen?« fragte er und wurde rot.
»Das ist sehr nett von Ihnen«, meinte sie und lächelte unsicher.
»Nein, im Ernst«, sagte er. »Es wäre mir ein Vergnügen.«
Sie seufzte.
»Es ist komisch … ich habe mir Polizisten nicht so vorgestellt.«
»Ich verstehe das als Kompliment«, sagte Cooper und wurde noch einmal rot. »Entschuldigen Sie, ich muß gehen. Ich bin im Dienst.«
»Rufen Sie mich an«, sagte sie.

23

Dan wartete. Seit drei Tagen hatte er das kleine schmutzige Zimmer, das ihm der Hotelbesitzer, ein Mulatte, für dreißig Dollar vermietet hatte, nicht verlassen.
Das war ebenfalls eine von diesen Adressen, die er bei Nick erfahren hatte - die vertrauliche Mitteilung eines Säufers. Das Bett quietschte und war hart, und in dem Loch, das der Besitzer Toilette getauft hatte, waren Kakerlaken.
Zeitungen stapelten sich auf dem Bett, auf dem Stuhl, sie waren überall verstreut.
Dan wartete auf den Besitzer. Er lauerte auf die Geräusche im Haus, während er aus dem einzigen Fenster des Zimmers sah, von dem aus er die Straße kontrollieren konnte.
Der Schweiß rann ihm übers Gesicht. Sein Kragen war schmutzig, und sein Gesicht schlecht rasiert und seine Wangen hohl.

24

Er kam erst um fünf. Vom Fenster aus sah ich, daß er alleine war. Ich hatte nicht die Absicht, mich von diesem Wurm in die Enge treiben zu lassen. Ich hörte seinen Schritt im Treppenhaus, und dann verschwand er in seinem Zimmer im ersten Stock.
Ich dachte an Sheila. Ich brauchte Sheila.
An was sollte ich sonst denken? Ich grinste bei dem Gedanken an die Nacht, in der ich neben ihr lag und nicht konnte, und an diese zweite Nacht, in der es sich fast wiederholt hätte.
An allem war Richard schuld. Mein ganzes Leben wurde durch ihn in Unordnung gebracht.
Ich hörte wie der Besitzer und seine Frau unter mir diskutierten. Meistens redete er, und von Zeit zu Zeit unterbrach sie ihn mehr oder weniger heftig. Sie hatte eine volle, tiefe Stimme. Sie war Mulattin wie er, jedoch viel dunkler. Wenn ich an sie dachte, sehnte ich mich noch mehr nach Sheila. Trotz meiner Befriedigung, Richard getötet zu haben, mußte

ich vorsichtig bleiben und warten, bis alles vorbei war. Ich mußte mich um jeden Preis solange verstecken, bis sich die Sache beruhigt hatte, und dann konnte ich zu Sheila und mit ihr in ein anderes Land gehen. Ich hätte auch zuerst abhauen und ihr schreiben können, sie solle nachkommen, aber solange konnte ich nicht warten. Ich hatte noch ungefähr fünfundneunzig Dollar, morgen mußte ich das Hotel verlassen. Irgendwie mußte ich Geld auftreiben.

Die Tür im ersten Stock knarrte, und die Frau sagte etwas. Ihre Stimme hallte durchs Treppenhaus. Schwerfällig ging sie die Stufen hoch.

Sie kam zu mir. Sie öffnete die Tür, ohne anzuklopfen.

»In der Zeitung steht etwas anderes«, sagte sie und hielt sie mir von weitem hin. »Sie müssen gehen.«

»Warum haben Sie die Polizei nicht gerufen?« fragte ich.

Sie sah mich an, in ihrem Blick war so etwas wie Besorgnis.

»Sie müssen gehen«, wiederholte sie. »Wir haben nichts gesagt, weil sie sich alle wie Hunde auf Sie gestürzt haben. Selbst wenn Sie ein schlechter Mensch sind, sind wir es einem unserer Brüder schuldig, aber jetzt ist es nicht mehr möglich.«

»Warum?« fragte ich. »Haben Sie Angst, daß ich weitermache?«

»Wir haben keine Angst«, sagte sie, »aber Sie müssen gehen.«

»Ich habe bis morgen bezahlt.«

»Das ist nicht mehr dasselbe«, erwiderte sie. »Einige behaupten, daß Ihr Bruder Sie bedroht hat, aber die Frau, die Sie umgebracht haben, hat Sie nicht bedroht, und Sie haben ihr Geld genommen, nachdem Sie sie getötet und vergewaltigt haben.«

Ich lachte. Getötet und vergewaltigt. Natürlich, ich war ja ein Nigger.

»Hören Sie«, sagte ich. »Sie wissen genau, was man in diesem Land über die Schwarzen schreibt. Ich habe sie nicht umgebracht. Ich habe ihr nur einen Schlag versetzt, um sie zum Schweigen zu bringen.«

Sie sah mich ängstlich an.
»Seit drei Tagen bin ich hier«, sagte ich. »Gäbe es das geringste Risiko, hätte die Polizei mich längst gefunden.«
»Sie fangen an, ernsthaft zu suchen«, sagte sie.
Ich regte mich auf. Ihr Ton war so gleichgültig, als würde ich vom Wetter reden.
»Gut, gut«, sagte ich. »Morgen abend gehe ich, wie ausgemacht. Natürlich rate ich euch, nichts zu unternehmen.«
Ich muß wohl etwas zu laut gesprochen haben, denn ihr Mann kam nun ebenfalls herauf.
»Wahrscheinlich finden Sie auch, daß dreißig Dollar pro Tag für dieses Drecksloch nicht genug sind«, fuhr ich fort.
»Es geht nicht um das Zimmer«, murmelte sie. »Es ist Ihr Leben und unsere Freiheit, die wir riskieren. Mein Mann wollte nicht, daß Sie hierbleiben.«
In diesem Augenblick kam er herein. Ich konnte seine Augen nicht sehen, er blieb einen Schritt hinter seiner Frau stehen.
»Zeigen Sie mir die Zeitung«, verlangte ich.
»Hören Sie«, sagte er, »wir haben getan, was wir konnten, mein Lieber, aber sie fangen an, in der ganzen Stadt nach Ihnen zu suchen, und es ist nicht mehr sicher hier, nein, überhaupt nicht mehr sicher. Hören Sie, mein Lieber, Sie müssen aus dem Hotel verschwinden.«
Ich ging auf sie zu. Sie rührte sich nicht, aber er wich zurück.
»Ich will diese Zeitung sehen«, sagte ich.
Sofort. Ich mußte sie sofort haben. Wahrscheinlich stand in der Zeitung etwas über meine Frau. Der Mann trat einen Schritt vor, riß seiner Frau die Zeitung aus der Hand und warf sich gegen die Tür.
»Gehen Sie und Sie können alle Zeitungen haben. Hören Sie, mein Lieber, ich bin bereit, Ihnen das Geld für morgen zurückzugeben.«
Ich berechnete den Abstand. Er hatte meine Reflexe noch nicht kennengelernt. Er versuchte nach hinten zu springen,

aber schon hielt ich ihn fest. Ich zog ihn wieder in das Zimmer zurück, und der Tür gab ich einen Fußtritt.

»Her mit der Zeitung.«

Seine Frau rührte sich nicht. Sie schaute mich mit vor Entsetzen geweiteten Augen an und hielt ihre beiden Fäuste auf ihre keuchende Brust gepreßt.

»Gib her ...«, wiederholte ich und sah ihr in die Augen.

Sie hob die Zeitung auf und hielt sie mir hin. Ich stopfte sie in die Tasche.

»Gib mir die Vorhangschnur.«

Sie gehorchte wortlos und riß die dünne geflochtene Schnur herunter. Der Mann bewegte sich nicht. Er hatte Todesangst. Ich ballte die linke Faust vor seinem Gesicht zusammen.

»Schau genau hin«, sagte ich. »Damit bringt man angeblich eine Frau um.«

Sein Kinn krachte eine bißchen, und er brach in meinen Armen zusammen. Ich hatte nicht fest zugeschlagen. Diesmal war ich sicher. Sein Herz schlug regelmäßig.

»Hab keine Angst«, sagte ich zu der Frau.

»Ich habe keine Angst«, antwortete sie. »Ich habe getan, was ich tun mußte.«

Ich band die Hände des Mannes zusammen und schob ihn unter das Bett.

»Ich werde gehen«, sagte ich, »wenn ich die Zeitung gelesen habe.«

Ich war jetzt ruhig und in Gedanken weit weg. Ohne zu zittern, faltete ich die Zeitung auseinander. Es war eine Zusammenfassung der Verhöre abgedruckt. Sie beschrieben mich alle als einen gefährlichen Irren und verschwiegen, daß ich schwarz war.

Und da stand auch etwas über Sheila. Sie ließ sich durch einen Anwalt vertreten und hatte die Scheidung eingereicht. Ich las diesen Abschnitt zweimal. Sonst stand fast nichts über sie drin. Nicht einmal ihr Foto war abgebildet. Irgendjemand zensierte die Artikel.

Ich dachte eine ganze Weile nach. Die Frau bewegte sich nicht. Ihr Mann unter dem Bett blieb ebenfalls ruhig.
Sie kam zu mir.
»Wollen Sie etwas essen, bevor Sie gehen?«
Sheila. Die zwei Nächte. Ann, Sally, Rosie. Seit vier Tagen hatte ich keine Frau mehr berührt. Ich erinnerte mich an Muriels Körper, an den Nylonunterrock, den sie trug.
»Nein«, sagte ich, »ich kann nicht.«
Sie bemerkte meinen Blick und sagte nichts. Sie blieb stehen. Ihre Brust hob und senkte sich rasch.
Ich nahm sie auf dem Eisenbett, ohne mich auszuziehen. Sie machte keine Anstalten, mich daran zu hindern. Mich trieb eine seltsame Lust, und ich hatte den Eindruck, als verging eine Ewigkeit, bevor sie aus ihrer Erstarrung aufwachte. Ihre Möse war weich und heiß, wie eine warme Quelle, und ihr Körper bewegte sich langsam, während ihre Hände über meinen bebenden und angespannten Körper glitten. Und nun drückte sie mich an sich, als wollte sie unsere Körper zusammenschweißen, und sie wimmerte wie ein Tier, fast lautlos, ohne etwas zu verstehen.

25

Ich blieb lange neben ihr liegen, und sie versuchte nicht, sich loszumachen. Ich hatte ihr Kleid hochgeschoben und streichelte ihren nackten harten Bauch ganz automatisch. Und dann hörte ich den Kerl unter dem Bett; er jammerte und wurde unruhig. Ich stand auf. Nachdem ich meinen Anzug in Ordnung gebracht hatte, kontrollierte ich, ob die Fesseln noch hielten, sie schienen in Ordnung. Die Frau stand ebenfalls auf.
»Sie müssen jetzt gehen«, sagte sie. »Sie müssen gehen.«
»Und wohin soll ich gehen?« antwortete ich.
»Wenn Sie dieses Loch hier gefunden haben«, flüsterte sie, »können Sie auch etwas anderes finden…«

»Sie suchen mich«, sagte ich. »Sie suchen mich in der ganzen Stadt. Ich kann keinen Schritt machen, ohne erkannt zu werden.«
»Ich kann Sie nicht hier behalten«, sagte sie leise.
Der Mann unter dem Bett wurde immer unruhiger. Ich ging zu ihm hin und zerrte ihn aus seinem Unterschlupf.
»Wo kann man ihn hintun?« fragte ich.
Sie sah mich schweigend an, aber mein Gesichtsausdruck genügte ihr zweifellos, denn sie drehte sich langsam um, schloß die Tür auf und ging im Treppenhaus voran. Wir stiegen in den ersten Stock hinunter. Wir begegneten niemandem. Das Haus war sehr still.
Sie ließ mich in einen kleinen Raum und wies auf eine zweite Tür, die sie öffnete. Es war eine ziemlich schaurige Küche mit einem großen Spülbecken und einem Schrank. Er war mit irgendwelchem Plunder vollgestopft, alte Bürsten, Konservendosen, Lumpen.
Aus einem Lappen fabrizierte ich einen Knebel, den ich ihm nicht zu fest in den Mund stopfte, und dann legte ich ihn unsanft auf das ganze Zeug. Nachdem ich mich versichert hatte, daß durch die Ritzen genügend Luft hereinkam, schloß ich den Schrank wieder zu.
Ich hörte, wie er sich im Schrank bewegte. Er versuchte eine bequemere Stellung zu finden.
Die Frau stand in der Küche und war in ihre Starrheit zurückgefallen.
»Hör zu«, sagte ich. »Hörst du mich?«
Sie nickte.
»Ich sage dir jetzt, wo du hingehen sollst. Du fragst, ob Mrs. Parker immer noch da wohnt. Sheila Parker. Das ist meine Frau.«
Sie nickte wieder, um zu zeigen, daß sie verstanden hatte.
»Und du wirst versuchen herauszufinden, wo sie sich aufhält, wenn sie nicht mehr da ist, und auch wo das Kind ist.«

»Ist das Ihr Sohn?« fragte sie.
Jetzt nickte ich, ohne etwas zu sagen und spürte, wie sich mein Hals zusammenschnürte.
Es herrschte Schweigen.
»Danach werde ich gehen«, sagte ich. »Aber ... ich muß es wissen.«
Ich gab ihr die Adresse und einige Anweisungen. Sie verließ den Raum, ohne Lärm zu machen, und ich hörte, wie sie die andere Tür schloß. Ich sah mich um und fand ein Stück Seife und einen Rasierapparat. Ich rasierte mich nicht besonders gründlich vor einem zu kleinen Spiegel. Im Eisschrank fand ich etwas zu essen.
Ich hatte es verdammt nötig.

26

Als die Frau zurückkam, war es bereits dunkel. Ich hatte mich in ihr Zimmer gesetzt und von Zeit zu Zeit ging ich nachsehen, ob sich mein Kunde in seinem Schrank auch nicht zu sehr langweilte.
Ich war fast glücklich, als ich sie kommen sah, und trotzdem packte mich eine furchtbare Angst vor dem, was sie mir vielleicht sagen würde.
Sie kam herein. Ich hörte sie im anderen Zimmer, und sie warf einen Blick in die Küche, dann kam sie ins Schlafzimmer und schien nicht erstaunt, mich da zu sehen.
»Sie ist gegangen ...«, sagte sie. »Sie wohnt im Hotel Welcome ... Nicht weit von hier. Und das Kind ist bei seiner Großmutter. Es geht ihr gut. Sie denkt daran, bald wieder nach Hause zu gehen, in zwei, drei Tagen wahrscheinlich. Vielleicht auch schon vorher.«
»Hast du sie gesprochen?« fragte ich.
»Die Leute im Hotel haben es mir gesagt.«
»Woher wissen sie es?«
Sie lächelte, es war kein fröhliches Lächeln.

»Sie haben Ohren. Sie hat mit einem der Polizisten darüber gesprochen. Cooper heißt er. Er bemüht sich eifrig um sie. Im Hotel lachen sie über ihn. Er wird rot wie ein Mädchen. Es ist ein kleines Hotel.«
»Wird sie denn streng bewacht?« fragte ich.
»Es laufen ein paar Polizisten rum, aber nicht viele. Nur die Zeitungen bauschen das Ganze so auf. In Wirklichkeit sind ja nur ein Nigger und eine Hure umgebracht worden, das regt weder die Polizei noch die Leute besonders auf. Diese Geschichte, daß sie umgebracht und vergewaltigt wurde, macht sich in den Zeitungen gut. Und vor Gericht wird es sich auch gut machen. Aber echt interessieren tut das niemanden.«
»Warum sprichst du vom Gericht?« fragte ich brutal.
»Wegen dieser Frau werden Sie Ärger haben«, erwiderte sie. »Sie hatten Zeit abzuhauen und sich zu verstecken, aber Sie haben der Polizei alle Möglichkeiten zugespielt, und die warten nun drauf, daß Sie ihnen ins Netz gehen.«
Ich grinste.
»Laß sie nur hoffen, mich vor den Richter zu bringen«, sagte ich. »Das schadet nichts.«
Ohne Hast begann sie, sich auszuziehen.
»Was machst du?« fragte ich.
»Ich lege mich hin«, sagte sie und hielt inne. »Ich glaube nicht, daß Sie ruhig sind, wenn ich woanders schlafe. Ich habe nicht die Absicht, Sie zu verraten. Ich glaube nicht, daß Sie gefährlich sind.«
Sie ging an mir vorbei und legte sich hin.
»Du kannst dich zudecken«, sagte ich. »Ich habe keine Lust.«
Sie antwortete nicht und schlupfte unter das Laken. Ich zog die Vorhänge zu und knipste das Licht an. Ich mußte mich zusammennehmen, um mich nicht zu übergeben. Ich brauchte Brandy.
Ich ging in das zweite Zimmer, das als Büro diente, und fand etwas im Schrank. Billigen Rum.

Die Flasche war noch halbvoll, es reichte, um mich einzuschläfern.
Ich schloß die Tür zum Treppenhaus ab und steckte den Schlüssel in die Tasche.
Was hätte ich für eine gute Pistole gegeben!
Ich ging mit der Flasche ins Zimmer zurück, setzte mich auf einen Stuhl neben dem Tisch und trank. Es schmeckte scheußlich.
Ich hatte nur eine Möglichkeit, Sheila zu sehen: in ihrem Hotel. Bevor sie es verließ. Ich stand auf. Ich ging zum Schrank, um nachzusehen. Als ich zurückkam, ging ich zum Fenster und hob den Vorhang. Ein Auto bog um die Ecke, für einen kurzen Augenblick konnte ich es sehen. Ein Polizeiauto.
Ich versuchte herauszufinden, ob jemand ausgestiegen war. Sie würden vor dem Hotel stehen. Ich preßte mein Gesicht an die Scheibe.
Ich hörte, wie unten an der Tür geklopft wurde und wie es klingelte.
Im Nu war ich an der Treppe. Hinter mir schloß ich die Tür zweimal ab und steckte den Schlüssel ein. Ich raste nach oben und war innerhalb einer Minute im obersten Stock … Auf dem Dachboden fand ich eine Luke und stieg aufs Dach. Ich durfte keine Zeit verlieren. Sie hofften wahrscheinlich, mich in meinem Zimmer zu erwischen.
Wenn ich mich beeilte, könnte ich noch einmal davonkommen, dann hätte ich auch Zeit, bei Sheila vorbeizuschauen.
Auf dem Dach kroch ich bis zum nächsten Gebäude, das mindestens vier Stockwerke höher war. Ich bewegte mich so schnell ich konnte, doch das Dach war ziemlich steil.
Plötzlich merkte ich, daß sich unter mir etwas rührte, ich biß die Zähne zusammen, um Ruhe zu bewahren. Ich hatte den Innenhof des Hotels erreicht und befand mich nun am Rand des Nachbargebäudes.

Nichts um sich festzuhalten.
Ich kroch zur Straße, ganz langsam, ohne jedes Geräusch streckte ich den Kopf vor.
Unten warteten vier Männer. Polizisten. Ich konnte ihre Mützen erkennen. Sie schauten nicht nach oben.
Ich hatte die Wahl zwischen einem Abwasserrohr und einer Feuerleiter, die aber in so schlechtem Zustand war, daß ich es nicht wagte, sie zu benützen.
Und am Rohr hinaufklettern, war auch unmöglich. Also packte ich die erste Sprosse der U-förmigen Leiter. Sie war von Rost zerfressen und löste sich unter dem Gewicht meiner Hand.
Mir blieb nur eine Chance. Ich nutzte den gewonnenen Zwischenraum und zwängte mich ins U, hinter die Sprossen. So konnte ich, mit dem Rücken zur Wand, die Leiter hinaufklettern. Nun war ich wie in einem Käfig zwischen den Sprossen gefangen. Ich stieg hinauf, so schnell ich konnte.
Sie müssen Zeit verloren haben, als sie versuchten, die zwei Türen im Hotel einzuschlagen.
Die elfte Sprosse löste sich auch, ich stützte mich gerade noch mit den Ellbogen und den Knien ab.
Eine letzte Anstrengung und ich hatte den Mauervorsprung des Nachbargebäudes erreicht. Ich drehte mich um die eigene Achse und wollte noch einen letzten Anlauf nehmen. Plötzlich gab es einen heftigen Knall neben mir, und Steinsplitter übersäten meine Hand.
Ich hielt mich aber nicht auf und versuchte so schnell wie möglich auf dem Dach vorwärtszukommen, das auch ziemlich steil war. Trotzdem konnte ich stehen. Und ich rannte – ja ich rannte – auf dem grauen Blech. Ich blickte nicht links und nicht rechts. Meine Augen waren stur auf das nächste Dach gerichtet. Ich mußte sie abhängen, so schnell wie möglich abhängen.
Das dritte Gebäude war auf derselben Höhe wie das, auf dem ich mich befand. Ich rannte weiter – ein linkisches, un-

beholfenes Rennen, wobei mein Körper sich in angstvollen Windungen erschöpfte, um das Gleichgewicht zu halten.
Das vierte Haus lag zwei Meter tiefer, aber die Dachschräge war noch steiler, und abrupt hielt ich vor dem Abgrund. Ich drehte mich um, klammerte mich mit den Händen fest, wobei meine Füße an der Mauer entlang schleiften, und landete schwerfällig auf dem Giebel. Auf allen Vieren kroch ich bis zu einem Kamin, dort fand ich eine verglaste Öffnung, die groß genug war.
Ich klebte am Dach fest wie ein Blutegel und erreichte so das Fenster. Gierig schaute ich hinein.
Niemand.
Ich zog meinen rechten Ärmel über die Hand und schlug die Glasscheibe ein. Ich vergrößerte die Öffnung so schnell ich konnte und zwängte mich durch.
In einem Schrank waren Kleider. Schnell zog ich eine graue Jacke an und ließ meine blaue zurück, nicht ohne die Taschen geleert zu haben. Die graue paßte mir einigermaßen. Ich tauschte auch meinen Hut gegen einen andern und ging zur Tür. Sie war von außen abgeschlossen. Ich schob den Riegel zurück, und sie öffnete sich. Ich trat hinaus.
Niemand auf dem Treppenabsatz. Von unten hörte man Lärm. Ich horchte und merkte, daß die meisten Leute draußen standen, um die Menschenjagd zu verfolgen, die Jagd auf mich.
Leise stieg ich die Treppe hinunter. Niemand beachtete mich, als ich mich zwischen die Leute stellte und mich dann unauffällig entfernte.
Ich bog in die nächste Straße ein.
In der grauen Jacke waren Zigaretten. Vorsichtshalber zündete ich eine an.
Sie waren die ganze Nacht damit beschäftigt, die Häuser durchzukämmen.
Ich hatte genügend Zeit, Sheila einen kleinen Besuch abzustatten.

Mein Rücken und jeder Muskel schmerzten, aber ich fühlte mich frei, so frei wie nie zuvor.
Ich dachte an den dumpfen Einschlag der Kugel neben meiner Hand. Ich schaute sie an. Sie hatte einen kleinen Kratzer mit etwas getrocknetem Blut. Ich lutschte an der winzigen Wunde und dachte plötzlich daran, daß ich eine Pistole brauchte.
Ich hatte gerade noch soviel Geld, um eine zu kaufen. Einen Gelegenheitskauf bei einem Pfandleiher.
Ich kannte einen in der Nähe meiner Wohnung, es war auch nicht weit von dem Hotel, wo Sheila jetzt lebte. Ein alter Kerl mit viel Geld.
Trotzdem hatte ich Bedenken, mit der U-Bahn zu fahren. Ein Taxi war weniger riskant.
Ich hielt das erste Taxi an und gab dem Fahrer die Adresse. Die genaue Adresse. Jetzt mußte ich mich nicht vorsehen. Man muß sich nur dann vorsehen, wenn wirklich Gefahr droht. Große Gefahr. Ein Taxifahrer ist nicht gefährlich.
Ich stieg aus, zahlte und sah, daß der Laden geschlossen war. Daran sollte es nicht scheitern. Der Alte wohnte hinter dem Laden. Man brauchte nur von hinten hineinzugehen.
Ich betrat das Gebäude und klingelte an seiner Tür. Nach einer Weile kam er, öffnete die Tür einen Spalt breit, um zu sehen, wer draußen stand. Die Kette war lang genug, so daß ich einen Fuß in die Tür stellen konnte. Gleichzeitig packte ich ihn am Kragen seines abgewetzten Anzugs und drohte ihm.
»Mach auf, oder ich verbrenn dir das Fell. Mach schnell, ich tu dir nichts.«
Seine Hände tasteten nach der Kette. Ich hörte seinen keuchenden Atem.
Ich trat ein.
»Guten Tag«, sagte ich und ließ ihn los. »Erkennen Sie mich?«

»Aber… äh…«, murmelte er noch ganz entgeistert.
»Ja, es ist Dan«, sagte ich. »Ich wollte Ihnen eine Pistole abkaufen. Mit Patronen.«
»Sie… Sie haben doch schon eine«, stammelte er.
»Stimmt nicht«, antwortete ich.
Ich gab ihm den Schlüssel, den ich auf ihn gerichtet hatte.
»Nehmen Sie den«, sagte ich. »Als Andenken. Und beeilen Sie sich.«
Er schien nicht besonders beruhigt, und ich folgte ihm in den Laden.
»Aber… äh…«, wandte er ein, »sie werden mich einlochen, wenn ich Ihnen eine Pistole verkaufe…«
»Das geht in Ordnung«, sagte ich. »Wir werden das Kind schon schaukeln. Los. Schnell.«
Er öffnete eine Schublade unter dem Ladentisch. Er hatte Waffen verschiedensten Kalibers. Ich nahm eine große Pistole heraus und schaute ins Magazin. Es war leer.
»Patronen«, verlangte ich.
Er hielt mir eine kleine Patronenschachtel hin, und ich füllte das Magazin auf. Den Rest der Kugeln steckte ich ein. Die Pistole war zu schwer, um bei mir Platz zu finden. Ich klemmte sie in den Gürtel. Doch dann überlegte ich es mir anders. Ich richtete sie nachlässig auf den Alten.
»Hast du etwas Bargeld?« fragte ich.
Er antwortete nicht und hob die Hände in die Luft. Seine Lippen bewegten sich rauf und runter, wie die eines mümmelnden Hasen.
»Aber nein, nicht doch«, beruhigte ich ihn. »Tu die Flossen runter. Du kannst mir vertrauen. Du weißt doch, ich töte mit den Händen.«
Er gehorchte und wühlte in seiner Tasche. Er zog eine pralle Geldbörse heraus und hielt sie mir hin.
»Nur das Geld«, sagte ich. »Nicht die Papiere.«
Er fing an zu weinen. Es war viel Geld.
»Ist das die Tageseinnahme?« fragte ich. »Das Geschäft

scheint wohl gut zu gehen. Es wird gekauft, was versetzt wird, und du verdienst an beiden Seiten.«
Ich raffte die Scheine zusammen und stopfte sie in meine Tasche.
»Hast du vielleicht auch einen Anzug in meiner Größe? Etwas, was einer Dame gefallen würde?«
Wortlos ging er nach hinten und zeigte auf Anzüge, die an Haken hingen. Ich nahm einen braunen mit weißen Streifen, nicht zu auffällig, aber doch anders, als das, was ich anhatte. Ich stand hinter ihm und schlug ihm mit dem Knauf der 38er leicht auf den Hinterkopf. Er blieb liegen. Ich zog mich in aller Gemütsruhe um, ging in seine Wohnung und machte mich zurecht. Nun fühlte ich mich wohler.
Ich ging in den Laden zurück und seufzte, als ich das Telefon sah. Es wäre doch viel einfacher, Sheila zum Bahnhof zu bestellen und mit ihr wegzufahren.
Ich dachte an den Artikel in der Zeitung: Scheidungsklage. Das war das eine. Und außerdem wurde das Telefon im Hotel überwacht.
Ich seufzte. Der Alte war bewußtlos. Das machte mir immer weniger aus. Seit zwei Tagen brachte ich sie um, seit fünf Jahren schlug ich sie zusammen, und der Unterschied war gering.
Außerdem war er ja nicht tot. Um sicher zu gehen, müßte ich den Laden in Brand stecken. Das hätte den Vorteil, die Aufmerksamkeit vom Hotel, wo ich hin wollte, abzulenken. Und es würde die Feuerwehr und die Polizei beschäftigen.
Ich fand Benzin. Warum auch nicht. Es gab hier wirklich alles. Ich trug möglichst viel brennbares Gerümpel in der Mitte des Raumes zusammen. Ich stapelte Möbel, Kleider, Papier, Holz, Reifen und alles Mögliche und übergoß es mit Benzin. Dann warf ich ein Streichholz in den Haufen. Fast wäre es ausgegangen, dann machte es plötzlich ›Ploff‹, und die Flammen schlugen mir entgegen. Ich lief schnell in die Wohnung zurück und verließ das Haus leise durch die Hintertür. Das

Feuer schnaubte und krachte wütend. Ich entfernte mich von dem Gebäude und ging die Straße hinauf, ohne mich umzudrehen.
Ich hatte das Hotel in dem Augenblick erreicht, als die Feuerwehr mit höllischem Lärm durch die Straße raste. Plötzlich fühlte ich mich sehr müde. Aber das verging schnell. Die Leute tauchten in den Türen und Fenstern auf, und die ersten Schaulustigen hatten sich schon eingefunden. Die Feuerwehr war schnell alarmiert worden.
Es war eher eine Pension als ein Hotel. Nicht besonders groß. Gemütlich. Zwei Kellner tauchten an der Tür auf, beachteten mich aber nicht. Im Erdgeschoß war ein Restaurant, und ich schob mich durch die gläserne Drehtür. Ich spürte die harte Berührung der Trennscheibe auf meinem Bauch und auf meinen Hüften.
Ich ging rasch auf die Toilette und als ich die Treppen wieder heraufkam, schielte ich in den Gang, der zweifellos in die Halle führte.
Ich war mit der üblichen Einteilung von Bars, Restaurants und anderen öffentlichen Lokalitäten so vertraut, daß ich mich nicht irrte.
Der Liftboy gähnte vor seinem Fahrstuhl. Ich hielt ihm zehn Dollar hin.
»Bring mich schnell zu Mrs. Parker und hol mir dann Blumen«, befahl ich. »Beeil dich.«
Er ließ den Schein verschwinden und setzte den Lift in Gang. Er hatte mich kaum angesehen.
»Die blonde Dame?« fragte er, um sicher zu gehen.
»Ja«, sagte ich. »Die blonde Dame. Ich bin ihr Cousin.«
Er grinste.

27 Der Alte atmete noch. Die rechte Hälfte seines Körpers war schrecklich verbrannt, und die verkohlten Kleider klebten an seinem rohen Fleisch. Seine rechte Hand fuchtelte wirr herum, und aus seinem Mund kam unzusammenhängendes Gestammel.

Die zwei Männer hoben ihn behutsam hoch, stiegen schwitzend und dampfend über die verkohlten Reste und bahnten sich einen Weg durch die Trümmer.

Das Feuer wütete schon in den oberen Stockwerken, und der Lärm der Motoren konkurrierte mit dem des Feuers.

Behutsam schoben sie ihn in den Krankenwagen. Der Alte klammerte sich an den Ärmel des einen Sanitäters.

»Polizei …«, murmelte er »Polizei …«

»Aber ja doch«, sagte der Sanitäter. »Nur Ruhe. Sie kommt gleich.«

Die Augen mit den verrußten Augenbrauen öffneten sich plötzlich und fixierten den Sanitäter. Dieser wandte sich ab, um nicht die geröteten, aufgeplatzten, blutenden Augenlider und die schmerzverzerrte Grimasse des Alten sehen zu müssen.

»Dan …«, sagte er, »Dan Parker … Er war es … das Feuer …«

Der Sanitäter sprang auf.

»Bleib stehen«, rief er dem Fahrer zu, der gerade losfahren wollte. Er lief zu einem Polizisten. Die Menge, die sich hinter der Absperrung drängelte, schaute gierig zu.

»Hören Sie!…« rief der Sanitäter, »es gibt Arbeit für Sie! Kommen Sie schnell.«

Der Polizist folgte ihm.

»Dan Parker hat damit zu tun«, keuchte der Sanitäter außer Atem. »Der Alte sagt das. Alle Leute im Viertel meinen, daß er nicht ganz dicht ist … aber immerhin …«

Der Polizist trat an den Verletzten heran; wenige Meter entfernt stürzte ein Stück Mauer ein.

»Sie behaupten, es sei Dan Parker?« fragte der Polizist.

Die Augen des Alten waren wieder geschlossen. Er nickte schwach. »Hat eine Achtunddreißiger genommen …«, murmelte er. »Und

einen Anzug … braun gestreift … Frau besuchen … und mein Geld. Man wird es mir doch zurückgeben … Es ist Dan Parker … mein ganzes Geld …«
Der Polizist hatte aufmerksam mitgeschrieben.
»Wohin ist er gegangen?« fragte er. »Wissen Sie das nicht? …«
»Er hat mich geschlagen …«, sagte der Alte. »Mein Kopf … mein Geld … Einen braunen Anzug … Um eine Frau zu besuchen.«
»Was für eine Frau?« wiederholte der Polizist hartnäckig.
Der Kopf des Alten rollte von rechts nach links.
»Hören Sie«, sagte der Sanitäter, »wir müssen ihn wegbringen, sonst krepiert er noch hier.«
»Ich besuche Sie im Krankenhaus«, sagte der Polizist.
Der schwere Krankenwagen raste davon.

28

Crane schlug mit der Faust auf den Tisch.
»Er ist ihnen durch die Lappen gegangen. Nichts zu machen. Wir sind in der Klemme. Sie haben die ersten drei Gebäude auf den Kopf gestellt. Mit dem vierten sind sie fast durch und natürlich werden sie ihn nicht finden.«
Er unterbrach sich. Das Telefon klingelte. Er hörte zu, antwortete einsilbig und hängte wieder ein.
»Sie sind fertig«, sagte er. »Nichts. Seine Jacke und sein Hut waren in einem Zimmer, oben im vierten Gebäude. Er brauchte nur die Treppe herunterzugehen. Das ist wirklich allerhand! …«
Er schlug mit der Faust auf den Schreibtisch, und die Akten fielen zu Boden.
»Und was wollen Sie mir weismachen? Daß dieser Kerl nicht viel schwärzer ist als Sie und ich?«
Cooper schüttelte den Kopf, er fühlte sich nicht besonders wohl.
»Ich … Es sind Beweise, gegen die wir nichts tun können. Es hat ein Mißverständnis gegeben.«
»Was geht mich das an! Wer hat das versaut? Wie stehen wir nun da? Nicht einmal sauber recherchieren könnt ihr! Das wird ein

Zirkus, noch schlimmer als vorher, und der nächste Schlag geht wieder daneben. Wie sieht denn das aus? Die Zeitungen reiten seit drei Tagen auf dieser Sache herum und walzen sie aus. Sie sind auf diese Geschichte mit Ehe und Scheidung zwischen Weißen und Schwarzen fixiert, und jetzt kommt ihr damit! Daß der Kerl ein Weißer ist! Mein Gott, warum ist er denn plötzlich ein Weißer!«
»Das ist nicht meine Schuld«, sagte Cooper. »Ich bin der erste, der es bedauert. Er hat durchgedreht. Man hätte den zweiten Mord und diese ganze Geschichte vermeiden können. Er versuchte eben seinen Kopf um jeden Preis zu retten. Obwohl, ein guter Anwalt hätte ihn frei bekommen. Dieser Typ, Richard, war ein Erpresser. Aber Dan selbst bildet sich ein, daß er schwarz ist, und ohne den Zufall, den ich Ihnen gerade geschildert habe, hätte niemand erfahren, daß er ein Weißer ist.«
»Verdammte Scheiße!« brüllte Crane.
Plötzlich war Schweigen. Das Telefon klingelte wieder.
»Ja?« brüllte Crane in den Hörer.
Er hörte ein paar Sekunden zu.
»Wo?« bellte er. »Dort? Wo ist das Weib?«
Cooper wurde rot und schaute weg. Crane legte den Hörer zurück und stand auf.
»Verschwinden Sie!« sagte er. »Dan hat den Laden eines Pfandleihers angezündet, fünf Minuten von dem Hotel, wo seine Frau ist. Er hat den Alten erschlagen und ist mit einem braunen Anzug mit weißen Nadelstreifen raus gegangen. Gehen Sie! Auf was warten Sie denn noch? Nehmen Sie soviel Leute, wie Sie wollen.«
Cooper stand auf und ging. Crane folgte ihm bis an die Tür.
»Schauen Sie, daß er nicht noch jemanden umbringt«, sagte Crane. »Lieber zu früh als zu spät schießen.«
Cooper starrte ihn an und blickte dann schnell weg. Crane grinste. »Sie werden bestimmt Ruhe bewahren.«
Der andere unterdrückte eine Bewegung und ging. Crane schloß die Tür mit einem Fußtritt und setzte sich brummend an den Schreibtisch.

29 *Dan blieb vor dem Lift stehen, und hinter ihm schloß sich die Fahrstuhltür. Er blickte nach rechts und nach links und mit einer automatischen Handbewegung versuchte er die Beule glatt zu streichen, die von der Pistole unter der Jacke herrührte. Sheilas Zimmernummer hatte ihm die Frau von seiner Absteige gegeben. Es war die dritte Tür. Während er sich verstohlen umsah, drehte er langsam und mit unendlicher Vorsicht am Griff und versuchte die Tür aufzuziehen. Sie leistete Widerstand. Er zog fester und hätte beinahe die Nerven verloren, als ihm plötzlich einfiel, daß die Tür nach innen aufging. Er trat ein.*

Die üblichen Hotelmöbel. An den Fenstern hingen lange Vorhänge. Seine Augen registrierten automatisch dieses mögliche Versteck. Das Fenster stand offen, und in der Stadt flammten die Lichter auf. Ein Bett, zwei Sessel, ein Tisch und ein Schrank. Eine kleine Tür, wahrscheinlich das Badezimmer.

Dan lauschte. Kein Laut. Niemand da. Niemand im Bad. Er trat noch weiter in den Raum und hörte Schritte im Gang. Keine Zeit mehr. Mit einem Satz war er am Fenster und versteckte sich hinter dem Vorhang.

Sheila kam herein. Sie mußte irgendwo auf der Etage gewesen sein. Er konnte sie sehen. Durch die offene Tür hörte er den Aufzug und die Stimme des Liftboys, der Sheila rief. Er gab ihr die Blumen, und sie dankte ihm. Der Junge antwortete auf ihre Frage, es sei ein großer starker Mann in einem braunen Anzug gewesen, und Sheila schien keine Ahnung zu haben, wer das sein könnte. Der Liftboy ging vertraulich mit ihr um, und sie schien nichts dagegen zu haben. Sie machte sich im Zimmer zu schaffen und öffnete die Tür zum Bad. Er hörte, wie das Wasser in die Vase floß und den leisen Knall, als sie sie auf den Tisch stellte. Sie hatte ihre Schuhe gegen Slippers vertauscht.

Es war still, und Dan wagte es nicht, sich zu zeigen. Jetzt hatte er Angst, sie zu erschrecken. Das Warten schien ihm endlos.

In der Ferne heulte die Sirene eines Polizeiautos auf und kam rasch näher. Dan drehte sich vorsichtig um. Durch das offene Fenster sah er das Auto und Polizisten auf Motorrädern.

Das Auto hielt vor dem Hotel. Dans Herz schlug lauter, aber nicht schneller. Er hatte keine Angst.
Sheilas Anwesenheit beruhigte ihn. Er wäre gerne lange stehengeblieben. Es war nichts geschehen. Es würde vorbeigehen, dann würde er aus seinem Versteck hervorkommen, und sie würde sich umarmen lassen.
Im Gang hörte man die Stimme des Liftboys und die von Cooper. Cooper kam herein und schloß die Tür.
»Ihr Mann ist im Hotel«, verkündete er ohne Umschweife. »Er hat einen Mann in einem Laden, nicht weit von hier, umgebracht. Er muß mit einem gestohlenen braunen Anzug hier sein, und der Liftboy hat ihn auf einem Foto wiedererkannt. Ist er nicht hier?«
»Nein!… Nicht hier!… Das ist ja schrecklich… Mr. Cooper, ich bitte Sie, nehmen Sie mich mit… Es ist schrecklich… Ich war… Ich war im Badezimmer. Ich ahnte ja nicht, daß er hier sein könnte.«
Cooper ging schnell ins Bad und schob den Duschvorhang aus Plastik zur Seite.
»Sie hätten ihn bestimmt gesehen«, sagte er. »Er hätte sich gezeigt. Er muß sich irgendwo im Hotel versteckt halten. Bleiben Sie hier und rühren Sie sich nicht weg. Ich werde mit meinen Leuten das Gebäude durchsuchen.«
»Ich werde… Ich werde vor Angst sterben«, stammelte Sheila.
»Ich glaube nicht, daß ein Risiko besteht«, sagte Cooper.
»Geduld… Es wird bald alles zu Ende sein.«
»Dann bleiben Sie doch bei mir«, seufzte Sheila.
»Ich kann nicht«, antwortete Cooper. »Jede weitere Minute, und er kann uns entkommen.«
Er stand neben ihr, und Dan begriff, daß er sie an den Schultern hielt.
»Kommen Sie, kommen Sie«, beschwichtigte sie Cooper. »Ich sage Ihnen etwas, was Sie beruhigen wird. Ihr Mann war kein Schwarzer. Ich habe Dokumente gefunden, die das beweisen. Er hat zwar dreimal getötet, aber ein guter Anwalt kann eine leichtere Strafe für ihn herausholen. Er kann um den elektrischen Stuhl noch herumkommen. Beruhigt Sie das?«

»Nicht schwarz?... stammelte Sheila. »Aber... aber dann... hat er nicht seinen Bruder umgebracht?«
»Das war nicht sein Bruder«, sagte Cooper. »Er hat einen Erpresser umgebracht. Und dann hat er den Kopf verloren. Man kann ihn da raus holen, indem man argumentiert, daß ihn die Umstände dazu trieben.«
Er schwieg einen Augenblick.
»Das soll Sie nicht von der Scheidung abhalten«, sagte er, »... aber, es wird die Dinge erleichtern...«
Plötzlich drehte er sich um. Am Fenster war ein Geräusch. Er zog seine Pistole und hörte Schreie auf der Straße. Mit einem Satz war er am Fenster.

30

Ich konnte mich nicht rühren. Der Bulle kam herein, und ich blieb hinter meinem Vorhang stehen. Hätte er einen Schritt gemacht, hätte ich auf ihn schießen müssen, aber ich hatte keine Lust, auf ihn zu schießen. Abwarten.
Vielleicht würde er gehen, ohne mich zu entdecken. Sheila schien verschreckt. Sie muß sich an den Arm des Bullen gehängt haben, so wie sie sich am Anfang bei mir einhängte. Ich wollte sie sehen. Ich hätte alles drum gegeben, sie zu sehen. Jetzt, wo er hier und sie nicht mehr alleine war, hätte ich es gewagt, den Vorhang beiseite zu schieben, aber er war ein Bulle und suchte mich. Wahrscheinlich umzingelten sie das Haus – es ging wieder los. Überall würden sie mich einkreisen und mir auflauern, wie einem Raubtier.
Ich hörte nicht, was sie sagten, ich hörte nur die Stimmen und die Worte des Bullen, die sich in meinen Kopf bohrten, wie glühende Eisenspitzen. Er sagte auch, ich sei ein Weißer. Dann sah ich nichts mehr, mir ging auf, was ich getan hatte. Ich hatte so lange Angst gehabt, ich dachte, sie verfolgten mich. Ich habe sie jahrelang zusammengeschlagen – bis mir

davon übel wurde. Ich war erstaunt, daß ich mich mit ihnen vertrug, daß ich mich ihnen gleichgestellt fühlte. Ich erinnerte mich an die Antwort eines Schulfreundes. Ich war stolz darauf, weiß zu sein. Ich fragte ihn: »Was ist das für ein Gefühl, schwarz zu sein?« Ich weiß noch, er sah erstaunt aus, er schien sich auch zu schämen und verletzt zu sein. Fast hätte er geweint und er sagte: »Das ist nichts Besonderes, Dan, das weißt du doch.« Und ich schlug ihn, seine Lippe blutete, und er riß die Augen verständnislos auf. Am Anfang schwitzte ich Blut und Wasser, als sie mich wie einen Weißen behandelten. Es war ganz schön kühn, als ich zu denen arbeiten ging – und sie haben mich nicht gefragt – und allmählich spielte es sich ein – und ich wollte mich an ihnen rächen – sie riechen, sagen die Weißen – und ich war stolz, weil ich nicht roch. Man kann sich selber nicht riechen. Und sie respektierten mich, weil ich stark war – und ich war stolz darauf, stark zu sein und weiß zu sein. Aber dann kam Richard – ich habe meine Kindheit mit ihm verbracht – er war wirklich mein Bruder – zumindest glaubte ich das damals – und ich habe ihn getötet. Und ich glaubte, er sei mein Bruder, als ich ihn tötete. Sheila glaubte es wahrscheinlich auch. Ich war so überheblich, als ich Sheila heiratete, es war eine Genugtuung, und als ich sie besaß, war es auch eine Genugtuung, und allmählich wurde ich weiß – es hat Jahre gedauert, bis das ›Mal‹ verschwunden war. Richard brauchte nur aufzutauchen, und schon war ich wieder schwarz. Diese zwei Mädchen, Ann und Sally – ich wäre nicht impotent geworden, hätte ich nicht geglaubt, daß ich schwarzes Blut habe und daß Richard deswegen aus dem Weg geräumt werden mußte. Hätte ich die Polizei eingeschaltet, hätte sie Dokumente gefunden, und die hätten bewiesen, daß ich weiß bin, und Richard wäre wieder gegangen.

Ich habe Richard umsonst umgebracht. Seine Knochen knackten umsonst in meinen Händen. Und ich habe das Mädchen mit einem einzigen Fausthieb getötet. Und der

Pfandleiher starb auch – umsonst – er ist wahrscheinlich verbrannt. Ich habe sie alle umsonst umgebracht. Und ich habe Sheila verloren. Sie umstellen das Hotel.
Er sagte, das würde die Sache erleichtern. Es gibt andere Möglichkeiten, die Sache zu erleichtern.

31

Dan schien aus einem Traum zu erwachen. Langsam, unaufhaltsam kletterte er auf die Fensterbank und bückte sich, um durch das Fenster zu schlüpfen. Unten, weit weg auf dem Gehsteig, sah er eine geschlossene Menge und er zog sich instinktiv zusammen, um ihr auszuweichen. Sein Körper drehte sich in der Luft wie ein hilfloser Frosch und schlug auf dem harten Asphalt auf.
Der Hilfsfotograf Max Klein hatte Gelegenheit, das Foto seines Lebens zu schießen, bevor die Polizei die Leiche abtransportierte. Es erschien ein paar Tage später im »Life«. Es war ein ausgezeichnetes Foto.

Hunde, Lust und Tod

Sie haben mich. Morgen komme ich auf den Stuhl. Ich werde es trotzdem aufschreiben, ich möchte es erklären. Die Geschworenen haben nichts begriffen. Und Slacks ist auch tot, und es fiel mir schwer zu reden, weil ich wußte, daß man mir nicht glauben würde. Wenn Slacks nur aus der Karre rausgekommen wäre. Wenn sie nur hätte kommen können, um es zu erzählen. Reden wir nicht mehr davon, es ist nichts mehr zu machen. In diesem Leben nicht mehr.

Gewohnheiten sind fatal, wenn man Taxifahrer ist. Den ganzen Tag fährt man und fährt und kennt am Ende alle Stadtteile. Es gibt welche, die man bevorzugt. Zum Beispiel kenne ich Typen, die sich eher in Stücke reißen lassen, bevor sie einen Kunden nach Brooklyn fahren. Ich fahre gerne, vielmehr ich fuhr gerne, weil ich jetzt nicht mehr fahren werde. Es war so eine Gewohnheit von mir. Fast jeden Abend schaute ich gegen ein Uhr im »Three Deuces« vorbei. Einmal hatte ich einen betrunkenen Kunden hingebracht, er wollte, daß ich mit ihm hineingehe. Als ich wieder rauskam, wußte ich, welche Sorte Mädchen man dort fand. Seitdem, es ist zu blöde, urteilen Sie selbst …

Jeden Abend kam ich dort zwischen fünf vor und fünf nach eins vorbei. Da kam sie gerade heraus. Im »Deuces« waren oft Sängerinnen, und diese da kannte ich. Sie nannten sie Slacks, weil sie meistens Hosen trug. In den Zeitungen hieß es, sie sei lesbisch. Sie kam fast immer mit denselben Typen heraus, ihrem Pianisten und ihrem Baß-Spieler, und sie fuhren im Auto des Pianisten davon. Sie hatten noch anderswo einen Auftritt und kamen zurück, um im »Deuces« den Abend zu beenden. Das erfuhr ich erst später.

Ich blieb nicht lange. Ich konnte mein Taxi weder ständig freihalten noch zu lange stehenbleiben, denn in dieser Gegend gab es mehr Kunden als anderswo.

An jenem Abend aber stritten sie sich, es schien ernst. Sie verpaßte dem Pianisten einen Kinnhaken. Dieses Mädchen schlug verdammt fest zu. Sie brachte ihn zu Boden, so sauber wie ein Bulle. Er war zwar voll, doch nüchtern wäre er auch umgefallen, glaube ich. Und so besoffen wie er war, blieb er am Boden liegen, und der andere versuchte ihn mit Ohrfeigen hochzukriegen, daß ihm die Luft wegblieb. Das Ende habe ich nicht mitbekommen, da sie in dem Moment erschien. Sie machte die Wagentür auf und setzte sich neben mich auf den Klappsitz. Dann zündete sie ein Feuerzeug an und hielt es mir unter die Nase.
»Wollen Sie, daß ich die Wagenbeleuchtung anmache?«
Sie verneinte, machte das Feuerzeug aus, und ich fuhr los. Nach der Adresse fragte ich sie erst später, nachdem wir in die York Avenue abgebogen waren, da es mir plötzlich einfiel, daß sie nichts gesagt hatte.
»Immer geradeaus.«
Mir konnte es gleich sein, der Zähler lief. Also schoß ich davon. Um diese Zeit ist in den Vergnügungsvierteln eine Menge los, doch sobald man aus der Innenstadt herauskommt, ist nichts los. Die Straßen sind leer. Man glaubt es nicht, doch es gibt nichts Schlimmeres als die Vorstadt nach ein Uhr morgens. Ein paar Autos, von Zeit zu Zeit ein Fußgänger.
Da sie sich neben mich gesetzt hatte, konnte ich nicht erwarten, daß sich dieses Mädchen normal verhalten würde. Ich betrachtete ihr Profil. Sie hatte schulterlanges, schwarzes Haar und eine so helle Haut, daß sie fast krank aussah. Sie hatte ihre Lippen dunkelrot, fast schwarz bemalt, und ihr Mund wirkte wie ein dunkles Loch... Das Auto fuhr immer noch. Sie fing an zu reden.
»Lassen Sie mich fahren.«
Ich hielt den Wagen an. Ich war fest entschlossen, nicht zu protestieren... Ich hatte mitangesehen, wie sie ihren Partner fertiggemacht hatte, und ich hatte keine Lust, mich mit

einem Weib dieses Kalibers zu streiten. Ich wollte aussteigen, doch sie hielt mich am Arm zurück.
»Nur keine Umstände. Ich werde über Sie wegsteigen. Machen Sie Platz.«
Sie setzte sich zuerst auf meine Knie und rutschte dann links auf den Sitz. Sie war so hart wie eine Eisenstange, aber nicht so kalt.
Sie bemerkte, daß es mir etwas ausmachte und lachte, nicht bösartig. Sie wirkte beinahe zufrieden. Als sie losfuhr, glaubte ich, das Getriebe meiner alten Kiste würde gleich explodieren. Sie fuhr so an, daß wir gute zwanzig Zentimeter in die Sitze zurückgedrückt wurden.
Wir kamen in die Nähe von Bronx, nachdem wir Harlem River überquert hatten, und sie drückte aufs Gaspedal, als wollte sie das Auto um jeden Preis demolieren. Als ich beim Militär war, erlebte ich den Fahrstil der Franzosen, die wußten, wie man ein Auto ramponiert, aber sie massakrierten es längst nicht so wie dieses Weibsbild in Hosen. Franzosen sind nur gefährlich, diese hier ist eine Katastrophe. Ich sagte immer noch nichts.
So, das findet ihr komisch! Weil ihr glaubt, daß ich bei der Größe und den Muskeln mit so einem Weib fertig werden müßte. Ihr hättet es auch nicht gewagt, wenn ihr den Mund und den Gesichtsausdruck dieses Mädchens hinter dem Steuer gesehen hättet. Bleich wie eine Leiche, und dieses finstere Loch … Ich blickte sie von der Seite an und sagte nichts, ich paßte nur auf. Ich hätte nichts dagegen gehabt, wenn uns ein Bulle geschnappt hätte.
Man wird es nicht für möglich halten, wie wenig Leute in einer Stadt wie New York nach einer bestimmten Zeit unterwegs sind. Sie drehte weiter ihre Runden durch irgendwelche Straßen. Wir fuhren um ganze Blocks, ohne auch nur einen Schwanz zu sehen, dann und wann tauchten ein oder zwei Passanten auf. Ein Clochard, mal eine Frau, Leute, die von der Arbeit heimkamen; es gibt Geschäfte, die nicht vor

ein oder zwei Uhr morgens schließen, manchmal sind sie durchgehend geöffnet. Jedesmal, wenn sie so eine Gestalt auf dem Gehsteig rechts sah, fummelte sie am Lenkrad herum, fuhr ganz nahe an den Gehsteig heran, so nahe wie möglich, nahm den Fuß vom Gas und raste wieder los, wenn sie auf seiner Höhe war. Ich sagte immer noch nichts, doch beim vierten Mal fragte ich sie:

»Warum machen Sie das?«

»Ich glaube, – es macht mir Spaß«, sagte sie.

Ich antwortete nicht. Sie sah mich an. Ich mochte es nicht, wenn sie mich beim Fahren ansah, und unwillkürlich hielt meine Hand das Lenkrad fest. Ohne die Miene zu verziehen, versetzte mir ihre rechte Faust einen Schlag auf die Hand. Wie ein Pferd schlug sie aus. Ich fluchte, sie lachte.

»Sie sind komisch, wenn Sie den Motor hören und in die Luft springen ...«

Sie hatte den Hund auf der Straße bestimmt gesehen, ich war schon vorbereitet, mich festzuhalten, um die Bremswirkung aufzufangen, aber statt den Fuß vom Gas zu nehmen, beschleunigte sie, und ich hörte den dumpfen Schlag und spürte den Aufprall auf dem Kühler.

»Verdammt!« rief ich. »Sie gehen aber ran! Dieser Hund hat der Karre nicht gerade gut getan ...«

»Schnauze! ...«

Sie war wie weggetreten. Ihre Augen waren glasig, und das Auto fuhr nicht mehr besonders gerade. Zwei Block weiter hielt sie am Straßenrand.

Ich wollte aussteigen und nachsehen, ob sie den Kühler nicht zerbeult hatte, doch sie krallte sich an meinem Arm fest. Sie schnaubte wie ein Roß.

Ihr Gesicht in diesem Augenblick... Ich kann dieses Gesicht nicht vergessen. Eine Frau in diesem Zustand zu sehen, ist in Ordnung, ist gut; wenn man es selbst war... Aber meilenweit davon entfernt, an so etwas zu denken und sie plötzlich so zu sehen ... Sie rührte sich nicht und preßte mein Hand-

gelenk mit aller Kraft, sie sabberte ein wenig. Ihre Mundwinkel waren feucht.
Ich schaute aus dem Fenster. Ich wußte nicht, wo wir uns befanden. Es war niemand da. Ein Ruck am Reißverschluß, und ihre Hose war offen. Im Auto ist es meist nur eine halbe Sache. Aber trotz allem werde ich dieses eine Mal nie vergessen. Selbst, wenn die Jungs mir morgen früh den Schädel kahl rasieren …

. . . .

Nach einer Weile schob ich sie nach rechts und übernahm das Steuer, doch ich mußte fast sofort wieder anhalten. Sie hatte sich, fluchend wie ein Türke, so gut wie möglich zurechtgemacht, stieg aus und setzte sich nach hinten. Dann gab sie mir die Adresse eines Nachtclubs, wo sie singen mußte, und ich versuchte herauszufinden, wo wir waren. Ich war so schlapp wie nach einem Monat Krankenhaus. Doch ich schaffte es beim Aussteigen, auf den Beinen zu bleiben. Ich wollte den Kühler inspizieren. Nichts. Nur ein Blutfleck, der sich durch den Fahrtwind auf dem rechten Kotflügel verbreitert hatte. Es konnte irgendein Fleck sein.
Das beste war wohl umzukehren und denselben Weg zurückzufahren.
Ich sah sie im Rückspiegel, sie spähte durchs Fenster, und als ich den schwarzen Aashaufen auf dem Gehsteig sah, hörte ich sie. Wieder atmete sie heftig. Der Hund bewegte sich noch ein wenig, das Auto mußte ihm das Rückgrat gebrochen haben, und er hatte sich mit letzter Kraft an den Straßenrand geschleppt. Ich fühlte mich zum Erbrechen elend, sie lachte nur. Als sie sah, daß ich wirklich krank war, fing sie an, mich leise zu verfluchen; sie sagte mir schreckliche Dinge, und ich hätte sie packen und es da, auf der Straße mit ihr wieder treiben können.
Ich weiß nicht, Jungs, wie ihr gebaut seid, aber als ich sie in dem Lokal abgesetzt hatte, wo sie ihre Nummer abziehen mußte, konnte ich draußen nicht auf sie warten. Ernüchtert

fuhr ich davon. Ich mußte nach Hause, mich hinlegen. Alleine leben ist nicht immer komisch, doch verdammt, es war ein Glück, daß ich an diesem Abend alleine war. Ich zog mich nicht aus, kippte irgendetwas in mich hinein und haute mich in die Falle. Ich war ausgepumpt. Verdammt, völlig ausgepumpt …

Und dann, am nächsten Abend war ich schon wieder da, und ich wartete direkt davor. Ich schaltete auf ›Besetzt‹, stieg aus und ging ein paar Schritte auf und ab. In dieser Ecke wimmelt es nur so von Leuten. Eigentlich konnte ich nicht stehen bleiben. Trotzdem wartete ich. Sie kam heraus, immer zur selben Zeit, pünktlich wie die Uhr, dieses Mädchen. Sie erblickte mich sofort. Sie erkannte mich. Ihre zwei Männer folgten ihr, wie üblich. Ich weiß nicht, wie ich euch das beschreiben soll: ich, wie ich sie da sah … ich war nicht mehr ganz bei mir. Sie öffnete den Wagenschlag, und alle drei stiegen ein. Ich war sprachlos. Darauf war ich nicht gefaßt. Idiot, sagte ich zu mir. Hast du denn nichts begriffen? So ein Mädchen, die ist nur launisch. Für einen Abend bist du gut genug, am nächsten bist du nur noch Taxifahrer. Irgend jemand.

Leicht gesagt! … Irgend jemand! … Ich fuhr wie bescheuert und beinahe hätte ich das große Auto vor uns gerammt; ich brüllte. Ich war wütend. Die drei hinter mir lachten sich schief. Sie erzählte Geschichten mit ihrer Männerstimme, Himmel, diese Stimme, man hätte meinen können, sie kommt verkehrt rum aus ihrem Hals. Sie hörte sich völlig besoffen an.

Sobald ich angelangt war, stieg sie als erste aus. Die beiden Männer bestanden nicht darauf zu zahlen … Auch sie wußten, wie sie war … Sie gingen schon vor, und sie lehnte sich ans Wagenfenster und streichelte mir die Wange, wie einem Baby; und ich nahm ihr Geld. Ich wollte keinen Ärger. Ich wollte etwas sagen. Ich suchte noch. Aber sie kam mir zuvor: »Wartest du auf mich?« fragte sie.

»Wo?«
»Hier. In einer Viertelstunde bin ich da.«
»Alleine?«
Verdammt, ich war ganz schön frech! Am liebsten hätte ich das ›Alleine‹ verschluckt; nichts konnte ich mehr verschlukken; ihre Nägel krallten sich in meine Backe.
»Hat man sowas schon gehört?« höhnte sie.
Sie lachte immer noch. Ich begriff nichts. Sie hatte ihre Krallen wieder eingezogen. Ich fühlte meine Backe. Sie blutete.
»Nicht der Rede wert!« sagte sie. »Es wird nicht mehr bluten, wenn ich rauskomme. Du wartest auf mich. Ja? Hier.«
Sie verschwand im Lokal. Ich schaute in den Rückspiegel. Drei halbrunde Abdrücke nebeneinander auf meiner Backe und einen vierten, etwas größeren, gegenüber. Ihr Daumen. Es blutete nicht stark. Ich spürte nichts.
So wartete ich nun. An diesem Abend haben wir nichts erlegt. Ich habe auch nichts gehabt.

. . . .

Sie machte das noch nicht lange, glaube ich. Sie redete nicht viel, und ich wußte nichts von ihr. Tagsüber lebte ich auf Sparflamme. Am Abend brauste ich mit der alten Kiste los, um sie zu holen. Sie setzte sich nicht mehr neben mich, es wäre zu dumm, sich deswegen erwischen zu lassen. Ich stieg aus, und sie übernahm das Steuer. Mindestens zwei bis dreimal in der Woche erwischten wir einen Hund oder eine Katze. Nach zwei Monaten wollte sie etwas anderes, glaube ich. Es hatte nicht mehr dieselbe Wirkung wie das erste Mal, und ich glaube, sie begann nach einer gewichtigeren Beute Ausschau zu halten. Ich weiß nicht, wie ich es euch erklären soll. Ich, ich fand das natürlich... Sie reagierte nicht mehr so wie früher, und ich wollte, daß sie wieder so wird wie früher. Ich weiß, für euch bin ich ein Monster, aber ihr habt dieses Mädchen nicht gekannt. Ob Hund oder Kind, für diese Frau hätte ich alles getötet. Und so töteten wir ein fünfzehnjähriges Mädchen. Es ging mit seinem Freund, einem Seemann, spa-

zieren. Sie kamen vom Rummelplatz. Ich werde es euch erzählen.
Slacks war an diesem Abend furchtbar. Sobald sie eingestiegen war, wußte ich, was sie wollte. Ich wußte, daß wir notfalls die ganze Nacht unterwegs sein würden, um etwas Passendes zu finden.
Verdammt! Es ließ sich nicht gut an. Ich fuhr geradewegs zur Queensborough Bridge und von da aus auf den Schnellstraßenring. Nie hatte ich soviele Autos und so wenig Fußgänger gesehen. Das ist nun mal so auf den Schnellstraßen, werdet ihr einwenden. Aber an diesem Abend war mir das nicht klar. Ich war nicht zurechnungsfähig, wir fuhren und fuhren, kilometerweit. Wir machten die Runde und befanden uns plötzlich in Coney Island. Slacks hatte seit einer Weile das Steuer übernommen. Ich saß hinten und hielt mich in den Kurven fest. Sie war übergeschnappt. Ich wartete, wie üblich ... Sie war wie weggetreten, sag ich euch. Ich wachte erst auf, als sie zu mir nach hinten kam. Verdammt! Ich will nicht daran denken.
Es war ganz einfach. Sie fuhr im Zickzack von der westlichen Vierundzwanzigsten zur Dreiundzwanzigsten, und da sah ich ihre Beute. Sie amüsierten sich. Er lief auf dem Gehsteig, sie neben ihm auf der Straße, sie wollte kleiner sein, als sie es ohnehin war. Er war ein stattlicher, schöner Junge. Von hinten wirkte sie mädchenhaft jung, mit ihren blonden Haaren und mit ihrem kurzen Kleidchen. Es war nicht sehr hell. Ich sah Slacks Hände am Steuer. Die Schlampe! Fahren konnte sie! Sie schoß auf die beiden los und erwischte das Mädchen an der Hüfte. Ich dachte, ich müßte sterben. Ich fing mich wieder. Es lag am Boden, ein regloser Haufen, und der Typ lief hinter uns her und brüllte. Und dann sah ich plötzlich ein grünes Auto auftauchen, ein altes Polizeiauto.
»Schneller!« rief ich.
Sie schaute mich einen Augenblick lang an, und wir wären beinahe auf den Gehsteig gefahren.

»Los doch!... Fahr!...«

Ich weiß, was ich in diesem Augenblick vermasselt habe. Ich weiß es genau. Ich sah nur noch ihren Rücken, aber ich weiß, wie es gewesen wäre. Deswegen ist mir das egal, versteht ihr? Deswegen können mir die Jungs morgen auch den Schädel kahl rasieren. Und sie können mir Stirnfransen schneiden, wenn es ihnen Spaß macht, oder mich grün anmalen, wie das Polizeiauto, es ist mir egal, versteht ihr?

Slacks fuhr drauflos. Sie schaffte es irgendwie, und wir kamen auf die Surf Avenue. Die alte Kiste schepperte, es war zum Heulen. Hinter uns nahm das Polizeiauto die Jagd auf.

Dann kamen wir zu einer Schnellstraßenauffahrt. Keine roten Ampeln mehr. Verdammt, hätte ich nur einen anderen Wagen! Alles geriet durcheinander. Und der andere, der hinter uns herkroch. Ein Schneckenrennen. Zum Haare ausraufen!

Slacks holte das letzte aus der Kiste raus. Und ich starrte immer nur auf ihren Rücken und wußte, wozu sie Lust hatte, es beschäftigte mich genauso wie sie. Ich schrie noch einmal: »Fahr!...«, und sie fuhr weiter und dann drehte sie sich einen Moment um, und ein anderer Schlitten kam die Auffahrt herauf. Sie sah ihn nicht. Er kam von rechts. Er fuhr mindestens fünfundsiebzig. Ich sah den Baum und rollte mich zusammen, aber sie rührte sich nicht. Und als sie mich rausholten, schrie ich wie ein Tier, aber Slacks rührte sich immer noch nicht. Das Lenkrad hatte sich in ihre Brust gebohrt. Mühselig klaubten sie sie heraus, dabei zerrten sie an ihren weißen Händen, sie waren so weiß wie ihr Gesicht. Sie sabberte noch ein wenig. Ihre Augen waren offen. Ich konnte mich auch nicht rühren, da sich mein Bein in die falsche Richtung gedreht hatte, aber ich bat sie, sie neben mich zu legen. Ich blickte in ihre Augen und dann sah ich sie. Überall Blut. Das Blut lief in Bächen an ihr herunter, außer an ihrem Gesicht.

Sie knöpften den Pelzmantel auf und sahen, daß sie nichts darunter anhatte, außer ihren Slacks. Die weiße Haut ihrer Schenkel wirkte im Schein der Karbidstraßenlampe geschlechtslos und tot. Der Reißverschluß war schon offen, als wir in den Baum rasten.

Zu dieser Ausgabe Die Originalausgabe von »Tote haben alle dieselbe Haut« (Les Morts ont tous la même peau) erschien im Herbst 1947 bei Éditions du Scorpion. Es war der zweite der nach dem Rezept amerikanischer Bestseller geschriebenen Romane, die Vian unter dem Pseudonym Vernon Sullivan veröffentlichte. Der Übersetzung von Asma Semler liegt der unveränderte Text einer am 31. März 1949 imprimierten Nachauflage der Erstausgabe zugrunde. Die Kapitelabfolge wurde korrigiert (in der Erstausgabe gibt es zwei Kapitel 15), das Vorwort wurde, wie vom Autor ursprünglich vorgesehen, an den Anfang des Buches gestellt. Die im Anhang gedruckte Erzählung »Hunde, Lust und Tod« (Les Chiens, le désir et la mort) ist ebenfalls in der Originalausgabe enthalten, erst in späteren Neudrucken des Romans wurde sie weggelassen und in den Novellenband »Le Loup-garou« aufgenommen.
»Tote haben alle dieselbe Haut« erreichte mehrere Auflagen, wurde von der Kritik aber nur im Zusammenhang mit »Ich werde auf eure Gräber spucken« abgehandelt, so daß dieser Roman ebenfalls gerichtlich verfolgt und am 13. Mai 1950 verboten wurde. Für die Hauptfigur, den weißen Rausschmeißer eines Lokals, der für einen Schwarzen gehalten wird, wählte Vian den Namen Dan Parker. So hieß der Präsident des »Cartel d'Action Morale et Sociale«, der vor Gericht Klage gegen »Ich werde auf eure Gräber spucken« erhoben hatte.

Klaus Völker

Boris Vian Geboren 1920 in Ville d'Avray. 1939 École Centrale des Arts et Manufactures in Angoulême. 1942 Ingenieursexamen. Begründet eine Amateurjazzband mit Claude Abadie. 1946/47 erscheinen seine ersten Romane, gefördert von Raymond Queneau und Jean-Paul Sartre. Bis 1947 Ingenieur; daneben und in den folgenden Jahren Schriftsteller, Jazztrompeter, Chansonnier, Schauspieler, Übersetzer und Leiter der Jazzplattenabteilung bei Philips. Starb 1959 in Paris.

Werke von Boris Vian
Verzeichnis der Erstausgaben

J'irai cracher sur vos tombes. Roman. Paris, 1946
Vercoquin et le plancton. Roman. Paris, 1946
L'Écume des jours. Roman. Paris, 1947
Les Morts ont tous la même peau. Roman. Suivi de *Les Chiens, le désir et la mort.* Paris, 1947
L'Automne à Pékin. Roman. Paris, 1947
Barnum's Digest. Poèmes. Paris, 1948
Et on tuera tous les affreux. Roman. Paris, 1948
Cantilènes en gelée. Poèmes. Limoges, 1949
Les Fourmis. Nouvelles. Paris, 1949
L'Herbe rouge. Roman. Paris, 1950
L'Équarrissage pour tous. Pièce. Suivi de *Le dernier des métiers.* Paris, 1950
Elles se rendent pas compte. Roman. Paris, 1950
L'Arrache-cœur. Roman. Paris, 1953
En avant la Zizique. Esquisse d'une classification des chansons. Paris, 1958
Fiesta. Opéra en un acte. Livret de Boris Vian; Musique de Darius Milhaud. Paris, 1958
Les Bâtisseurs d'Empire. Pièce. Paris, 1959
Zoneilles (avec Michel Arnaud et Raymond Queneau). Paris, 1961
Je voudrais pas crever. Poèmes. Paris, 1962
Le Goûter des généraux. Pièce. Paris, 1962
Textes et chansons. Paris, 1966
Trouble dans les Andains. Roman. Paris, 1966
Chroniques de Jazz. Paris, 1967
Le Loup-garou. Suivi de douze autres nouvelles. Paris, 1970
Théâtre inédit: Tête de méduse, Série blême, Le Chasseur français. Paris, 1971
Chroniques du Menteur. Paris, 1974
Manuel de Saint-Germain-des-Prés. Texte présenté et établi par Noël Arnaud. Iconographie rassemblée par d'Déé. Chêne. Paris 1974
Le Chevalier de neige. Paris, 1974
Le Dossier de l'affaire »J'irai cracher sur vos tombes«. Paris, 1974
Derrière la zizique. Paris, 1976
Petits Spectacles. Paris, 1977
Cinéma. Science-Fiction. Paris, 1978
Traité de civisme. Paris, 1979
Écrits pornographiques. Paris, 1980
Écrits sur le Jazz. Tome I. Jazz-Hot/Combat. Paris, 1981
Le Ratichon baigneur et autres nouvelles inédites. Paris, 1981
Autres Écrits sur le Jazz. Tome II. Paris, 1982
La Belle Époque (Variétés). Paris, 1982

Opéras. Paris, 1982
Chansons. Paris, 1984
Cents sonnets. Paris, 1984
Rue des ravissantes et dix-huit autres scénarios cinématographiques. Paris, 1989

BORIS VIAN

Die Ameisen
und andere Erzählungen

Die provozierendsten Erzählungen, die Vian je geschrieben hat – erstmalig in einer vollständigen Ausgabe.
»Vians Abscheu vor den ›Scheusalen‹ war ebenso glühend wie seine Liebe zu dem, was ihm am Herzen lag.«
Simone de Beauvoir

SALTO. Rotes Leinen, 160 Seiten.

Der Herzausreißer

Der bitterböse Spiegel, den Boris Vian der Gesellschaft der Tiere, Pflanzen und diverser lebloser Gegenstände entgegenhält, zeigt ein geiles Pandämonium, bevölkert von erwachsenen Monstern, liegenden Kindern, Männern, die von Schiffen, Frauen, die von Mauern träumen – und einen eiligen Psychiater.

Wagenbachs Taschenbuch 201, 192 Seiten.

Der Deserteur

Dieser Band sammelt Chansons, Satiren und Erzählungen, mit Bildern aus Vians Leben und einer literarisch-biographischen Einführung.

Wagenbachs Taschenbuch 211, 144 Seiten.

Der Schaum der Tage

Ein Roman, in dem der literarische Witz die Gesellschaft unterhält und untergräbt – der Kultroman über eine seltsame Liebe, voller sprachlicher Erfindungen und phantastischer Gegebenheiten.
»In satirischen Miniaturen und grotesken Fabeln stellt Vian die Welt auf den Kopf. Nichts machte dem spielerischen Talent dieses kühlen Kalkulators seiner Effekte mehr Spaß, als die Denk- und Formuliermaschine, die er im Kopf hatte, mit falschen Daten zu füttern und die Ergebnisse seinen verdutzten Lesern vorzusetzen.«
Rolf Michaelis, DIE ZEIT

Gebunden, 180 Seiten.

Werke in Einzelausgaben:

Das rote Gras

Die Liebe bleibt, auch wenn ringsum alles verdampft. In diesem Roman erforschen die Männer vergeblich sich selbst, und die Frauen stehen und liegen kopfschüttelnd daneben.

Wagenbachs Taschenbuch 233, 136 Seiten

Ich werde auf eure Gräber spucken

Ein Buchhändler mischt erst eine Kleinstadt auf und macht sich dann an die Mädchen der Oberklasse. Ein vollkommen verrückter Roman aus den alten verfickten Zeiten: Boris Vian in der Verkleidung eines Sex-and-Crime-Schriftstellers!

Wagenbachs Taschenbuch 240, 152 Seiten.

Wir werden alle Fiesen killen

Boris Vian als Krimi-Autor: Vom blutigen Anfänger zum Sex-and-Crime-Profi nimmt Rock Bailey seinen Weg und entlarvt Dr. Schutz, der in geheimen Laboratorien aus den schönsten Frauen und den standhaftesten Männern makellose Klons herstellt und damit schon etliche Fiese gekillt hat.

Wagenbachs Taschenbuch 242, 192 Seiten.

Aufruhr in den Andennen

Viel Aufruhr, wenig Andennen: Ein Abenteuer-Roman voll absurder Figuren, phantastischer Transportmittel und unsicherer Gegenden.

Wagenbachs Taschenbuch 243, 96 Seiten.

Über Boris Vian:

Klaus Völker

Boris Vian: Der Prinz von Saint-Germain

»Ein berückend schönes und informatives Lese- und Bilderbuch.« Adolf Fink, FAZ

Klaus Völker, der Vian selbst noch erlebte, hat mit dessen Biographie gleich auch die Innenansicht jenes Kulturlaboratoriums geschrieben, das in den Cafés und Jazzkellern von Saint-Germain-des-Prés seine Filialen hatte, und in Boris Vian einen seiner waghalsigen, aber auch menschenfreundlichsten Feuerwerker.

Das Buch sammelt nicht nur zahllose Fotos und Dokumente zum Leben Vians, sondern zeigt auch rare Bilder seiner Freunde und seiner Umgebung.

Allgemeines Programm. Französische Broschur. Großformat, 160 Seiten.

Tote haben alle dieselbe Haut
erschien als 5. Band der
Werke in Einzelausgaben

Wagenbachs Taschenbuch 244
Originalausgabe

 Umschlaggestaltung Rainer Groothuis unter Verwendung einer Zeichnung von Jens Bonnke. Gesetzt aus der Borgis Quadriga von der Offizin Götz Gorissen, Berlin. Gedruckt auf chlor- und säurefreiem Papier und gebunden durch Wagner, Nördlingen. Printed in Germany.
ISBN 3 8031 2244 9